CASUS BELLI

DU MÊME AUTEUR

TOUS LES DÉSESPOIRS VOUS SONT PERMIS, Flammarion, 1973.
LA DENT DE RUPTURE, Flammarion, 1975.
LES SOLEILS RAJEUNIS, Seuil, 1977.
CHANGEMENT DE CAVALIÈRE, Seuil, 1978 ; Actes Sud, Babel, 2002.
CLICHY SUR PACIFIQUE, Seuil, 1979 ; Actes Sud, Babel, 2001.
UNE VALSE NOIRE, Seuil, 1983.
LE DAMIER DE LA REINE, Mercure de France, 1983.
L'ÉTÉ PROVISOIRE, Mercure de France, 1983.
VIRGINIA WOOLF OU LA DAME SUR LE PIÉDESTAL, éditions des Femmes, 1984.
CHARADE, Mercure de France, 1985.
BLEU INDIGO, Grasset, 1986.
LA CHAMBRE ANDALOUSE, Grasset, 1989.
ANIBAL, Laffont, 1991 ; Pocket, 1993.
LE VOYAGEUR DE NOCES, Laffont, 1992.
UNE JOURNÉE AU POINT D'OMBRE, Laffont, 1993.
LE CHAGRIN DES RESSLINGEN, Julliard, 1994 ; Pocket, 1996.
MATA-HARI, Belfond, 1995.
LES CÉVENNES, Equinoxe, 1996.
ROSE DE PIERRE, Julliard, 1996 ; Pocket, 1999.
LA CORRESPONDANTE ANGLAISE, Stock, 1998 ; LGF, 1999.
LE FILS-RÉCOMPENSE, Stock, 1999 ; LGF, 2000.
LE LIT, Actes Sud, 2001.

ISBN 2-7427-3596-8

ANNE BRAGANCE

Casus belli

ROMAN

un endroit où aller
ACTES SUD

à Nicole Contencin

à Brigitte Semler

et à Hubert Nyssen pour le petit soulier dans le sable

Que personne ne puisse dire de toi
ce que le fleuve peut dire de ses rives :
qu'elles existent pour le borner.

FERNANDO PESSÕA,
Le Livre de l'intranquillité.

LE PASSÉ IMPARFAIT

LE PÈRE a été beau. La mère le rappelle en toute occasion et à qui veut l'entendre. A qui ne veut pas également, dirait la fille.

La mère affirme encore et encore que, lorsqu'elle l'a connu, Charles était le garçon le plus séduisant de la rue. Ou du quartier, ou de la ville. Ou de la terre. L'estimation des charmes enfuis du père varie selon l'humeur de la laudatrice et la qualité de l'assistance, son potentiel de sympathie et de crédulité. Un, deux, trois, dix, elle allume ses lampions en fonction de la bienveillance qu'elle pressent ou perçoit chez ses auditeurs. Certains soirs, c'est une véritable girandole de lumières qu'elle installe et qui, alors, nimbe le père. Ils se remémorent les beaux jours, la belle gueule de Charles Douhet, ils sont à la fête. La fille fait la tête.

Au contraire de l'époux dont elle vante si volontiers le physique avantageux, la mère évite d'évoquer sa fille devant des tiers. Mais dans l'arrière-cour de son cœur, dans la cave la plus obscure de son âme, elle entretient une colonie de pensées indignes, inavouables. La fille a ici trop de ceci et là pas assez de cela, bref Claire Douhet ne comprend pas comment deux êtres si favorisés par la nature – elle et le père – ont pu engendrer une créature aussi insignifiante, voire aussi disgracieuse. Quant au caractère de la fille, mieux vaut n'en pas parler, un cauchemar, une calamité, ce que cette petite a pu lui faire endurer tout au long de l'enfance, Dieu et elle seuls le savent ! C'est bien simple, il aurait mieux valu élever une nichée de ces chiens, ces bêtes féroces capables, dit-on, de vous déchiqueter un passant en moins de cinq minutes au premier coin de rue. Du reste, ils sont aujourd'hui interdits, ces chiens, à ce qu'il paraît, c'est en tout cas ce qu'ils racontent à la télé. Mais elle, Dieu tout-puissant, elle a dû s'accommoder de Virginie, on ne choisit pas sa progéniture et on ne peut pas la faire piquer quand elle devient par trop dangereuse.

Même sous la torture, la mère n'avouerait pas les sentiments honteux et contre nature que lui inspire sa fille. Elle ne s'en ouvre qu'à Dieu qui est somme toute le confident le moins contrariant, le plus complaisant dont on puisse rêver. Elle a trouvé en Lui l'interlocuteur idéal car, comme chacun sait, Il est animé d'une mansuétude et d'une compassion infinies.

Virginie : une fille douce comme un matin d'avril qui la minute suivante pouvait se transformer en démon, qui piquait des rages effrayantes, qui disait oui et non dans la même phrase. C'est bien simple, elle a toujours eu l'impression d'avoir non pas une mais deux filles en une : la douce et la furie. Pardonnez-moi, mon Dieu, mais à Vous seul je peux le confesser : je n'ai jamais supporté cette enfant double.

Virginie qui s'est ingéniée à la faire tourner en bourrique pendant des années et des années. Vous souvenez-Vous, Seigneur, de la colère qu'elle nous a faite – elle avait tout juste sept ans – à propos de son prénom ? Jusqu'aux convulsions elle est allée ce jour-là. C'était une enfant qui s'intéressait à l'identité des uns et des autres ; elle se passionnait pour les liens de parenté, les questions de lignée et de généalogie, d'où lui venaient ce goût, cette curiosité, on n'a jamais compris. Elle voulait savoir qui, de moi ou de Charles, avait décidé de l'appeler Virginie. Ce prénom la débectait, elle refusait de le porter un jour de plus, elle exigeait qu'on lui en donnât un autre, davantage à sa convenance. Camille, c'est ce qu'elle voulait, allez savoir pourquoi. Avec une patience d'ange, Vous me connaissez, Seigneur, j'ai tenté de lui expliquer que la chose était impossible, qu'elle était enregistrée à l'état civil sous le nom de Virginie Douhet depuis sa naissance et à jamais. Elle s'est mise à hurler, elle s'est jetée sur moi comme ces chiens tueurs que je Vous disais tout à l'heure, et elle me bourrait de coups de poing, de coups de pied, les voisins alertés par ses cris ont fini par accourir pour me porter secours. Plus tard, il a fallu appeler un médecin qui l'a mise sous calmants.

Qu'est-ce qu'elle voulait, cette enfant ? Qu'est-ce qu'elle cherchait ? Elle espérait peut-être m'entendre dire qu'elle n'était pas la fille de Charles et Claire Douhet mais celle d'un nabab, un richissime chez qui nous l'aurions volée pour ensuite la séquestrer dans notre pavillon de banlieue. Il y a des gens, comme ça, qui ne sont jamais satisfaits de leur sort et qui se rêvent une origine ou un destin au-dessus de leur cul. Oh !

pardonnez-moi, mon Dieu, je m'échauffe et je déparle tant la bile me vient à penser à ces choses. Malheureusement, je ne pouvais rien lui avouer de tel : elle l'était bel et bien, notre fille, pas moyen d'en douter.

*

A sept ans, la fille désire qu'on l'appelle Camille. Elle voudrait porter les mêmes initiales qu'eux, ses dieux, ses bourreaux. C. D. Ce privilège qu'ils ont accordé à Christophe, à elle ils l'ont refusé. Elle, ils l'ont reléguée aussi loin que possible dans l'alphabet, ils l'ont affublée de ce V affreux de Virginie. Et ils ne veulent pas en démordre, surtout la mère. Eh bien, elle se prénommera Camille, en secret, envers et contre tous.

Ils lui ont donné ce frère, Christophe, afin, prétendent-ils, qu'il lui tienne compagnie et partage ses jeux. Mais elle n'a pas besoin de compagnie, Camille lui suffit. Car, à leur insu, Camille existe bel et bien, et cela depuis toujours. Camille est son double noir, son alter ego. La fille a compris très tôt qu'il lui fallait être deux pour tenir tête au couple formidable qui l'a enfantée.

*

Le père et la mère ont atteint cet âge où l'on aime à se souvenir. Hormis les longues stations devant la télé, cet écumage quotidien de la mémoire occupe le plus clair de leur temps. Quand les programmes cessent de les intéresser ou que leurs yeux fatiguent à force de fixer le petit écran, ils vont s'asseoir sur un banc dans leur jardinet et là, ils raniment leurs fantômes, ils évoquent le passé. Bon ou mauvais, tout fait feu. Néanmoins, les réminiscences qu'ils conservent de tel ou tel événement ne coïncident pas toujours exactement. Ce constat déconcerte chaque fois le père et la mère en profite alors pour imposer son point de vue qu'elle s'ingénie à marquer de l'estampille “authentique et indiscutable”. Ainsi, aujourd'hui, Charles Douhet croit se rappeler que la fille s'est mise à boiter dans les jours qui ont suivi la naissance du fils. Aussitôt la mère monte sur ses grands chevaux et lui rétorque que sa tête le trahit, qu'il est dans l'erreur : cette claudication si mal seyante et dont la cause n'a jamais été élucidée par l'autorité médicale a débuté bien avant l'arrivée de Christophe. Des mois, une année peut-être. Virginie avait cinq ans à l'époque. Elle voulait se donner un genre, c'était une fantaisie de gamine, rien de plus. Le père hoche la tête, s'efforce de retrouver dans son lot d'images anciennes celle d'une Virginie de cinq ans. Bancale ou non bancale ? Quand ça a commencé, avance-t-il avec précaution, on avait l'impression qu'elle perdait l'équilibre à chaque pas. La mère s'esclaffe : Ne me fais pas rire. Elle mimait la perte d'équilibre et seulement lorsque nous étions présents. Cette année-là, nous passions nos vacances à la mer, rappelle-toi. Ton frère Vincent était là, il nous a raconté comment il l'avait surprise à gambader sur la plage. Et elle, sitôt qu'elle a aperçu son oncle, a repris sa petite comédie de la boiterie. Elle simulait, c'est tout !

Cette conversation met le père très mal à l'aise, il a horreur d'être en désaccord avec sa femme et finit toujours par adhérer à sa version des faits. Ce trait de caractère – cette pusillanimité, dirait la fille – est sans doute le secret de leur longévité conjugale. Dans un sursaut d'honnêteté, il ose toutefois signaler que Virginie a aujourd'hui quarante ans et qu'elle boite toujours de même. C'est pour nous embêter, décrète la mère, pour nous punir.

De quoi ? voudrait demander le père, mais il a épuisé ses réserves de contestation, il est las de cette joute, il préfère battre en retraite et se taire.

*

On a conduit Virginie jusqu'à la clinique où vient de lui naître un frère : le divin enfant à en croire ses géniteurs. Sa main dans celle de son père, elle a longé des couloirs blancs puis franchi une porte blanche pour se retrouver dans une chambre, entre un lit où se tenait sa mère et un berceau occupé par une forme vagissante. Claire Douhet, adossée à ses oreillers, rayonnait de fierté et de contentement. Pensez donc, elle venait de mettre au monde un fils, la merveille tant espérée ! Sourire aux lèvres, elle a invité Virginie à admirer le nourrisson. Regarde comme il est beau ! a-t-elle dit. Tu peux te pencher et embrasser sa petite main, si tu veux. Mais Camille ne voulait pas : elle a refusé de se pencher et d'embrasser quoi que ce fût de cette larve rouge tout emmaillotée de blancheurs. Elle ne lui a pas même accordé un regard. Claire Douhet a aussitôt remballé son sourire.

Un peu plus tard, alors que Virginie trottait à côté de son père en direction de la voiture, Camille s'est mise à boiter. Charles Douhet ne s'est pas aperçu tout de suite qu'elle traînait la patte. Il allait de l'avant, perdu dans ses pensées. Au bout de quelques mètres pourtant, il s'est arrêté, s'est retourné. Il a prié Virginie de le rejoindre, de se dépêcher. L'enfant aurait aimé obéir, mais Camille renâclait à avancer. Elle voulait que le père la prenne dans ses bras et la porte jusqu'à la voiture. Mais tu n'es plus un bébé, s'est récrié Charles Douhet. Et puis tu es trop lourde désormais ! Bon, s'il le prend comme ça, a soufflé Camille, et elle a marché en clopinant jusqu'au père. C'est à ce moment qu'il a découvert qu'elle boitait. Tu t'es fait mal ? Tu t'es tordu le pied ? a-t-il demandé avec un brin d'anxiété. La petite n'a pas répondu, on arrivait à la voiture, elle s'y est engouffrée. Elle a boudé tout au long du trajet.

*

Le matin, en chemise de nuit, sa peluche sous un bras, Virginie se glisse jusqu'à la chambre des parents. Elle sait que le berceau est là, tout près de leur lit, et dedans, le bébé Christophe. Elle frappe à la porte, elle frappe à leurs cœurs, longtemps, longtemps. Mais la porte ne s'ouvre pas, ni les cœurs : ils sont fermés à clef.

Parfois une voix s'élève derrière le bois, une voix qui ordonne :

— Retourne te coucher !

Alors Camille se met à trépigner, elle lâche la peluche et tambourine sur la porte de ses deux petits poings serrés, elle tambourine jusqu'à épuisement.

Plus tard, lorsque le père et la mère s'éveillent, ils trouvent la petite endormie sur leur seuil. Si je ne prenais pas la précaution de verrouiller notre porte, dit la mère, nous l'aurions tous les jours dans notre lit. Qu'est-ce qu'elle veut à la fin ?

Le père n'a pas la réponse. Il se penche, soulève la petite dans ses bras et l'emporte jusqu'à sa chambre.

*

Chaque soir, dans la salle de bains, la mère fait ses prières après qu'elle s'est lavé les dents. Elle a découvert à l'usage que c'est l'endroit qui se prête le mieux à ses conciliabules et apartés avec Dieu. Elle peut y marmotter à son aise sans craindre d'être dérangée, L'invoquer jusqu'à obtenir la consolation ou l'absolution nécessaires.

Elle s'assoit sur le bord du bidet, plante ses coudes sur ses cuisses et, la tête inclinée, enfouit son visage de pécheresse entre ses mains.

Dieu du ciel, aidez-moi ou je vais perdre la raison. Je n'ai pas besoin de Vous expliquer ce qui me tourmente puisque Vous voyez tout, Vous étiez Témoin, Vous étiez même le seul Témoin ce matin quand Virginie a jeté le bébé dans la poubelle. Seigneur, comment avez-Vous pu permettre une abomination pareille ?

Moi, je ne me doutais pas, je ne pouvais même pas l'imaginer capable d'un geste aussi monstrueux. Je revenais des courses, il était temps de donner à Christophe son biberon de dix heures mais quand je suis entrée dans la chambre, le bébé n'était plus dans son berceau. Comme je l'avais confié à sa sœur en partant, j'ai pensé qu'elle l'avait emmené promener dans le jardin. Je suis sortie, j'ai fait le tour de la maison : personne. Alors, j'ai pris sur moi, Dieu tout-puissant, je me suis dit : Clairette, inutile de paniquer et de te mettre martel en tête, écarte l'idée du rapt, c'est ridicule, vous n'êtes pas assez riches pour la rançon, ils doivent bien être quelque part. J'ai exploré toutes les pièces, l'une après l'autre, aucune trace des enfants. A la fin, j'étais là, plantée au milieu de la cuisine, à me tordre les mains, quand j'ai entendu le bébé pleurer, des petits cris étouffés qui semblaient provenir de sous l'évier. Je me suis précipitée, j'ai tiré la poubelle et il était dedans, recroquevillé parmi les déchets et les épluchures, mon pauvre bébé d'amour.

Je l'ai sorti de là, je l'ai bercé contre moi, mais il était inconsolable, l'heure du biberon était passée, il avait faim le malheureux ! Avant de le nourrir, il fallait pourtant que je lui donne un bain, je ne pouvais pas le laisser dans cet état, tout puant et maculé de choses immondes qu'il était à force d'avoir gigoté au fond de la poubelle.

Quand Virginie a réapparu, j'étais ici même, dans la salle de bains, penchée sur la table à langer, en train de débarrasser Christophe de ses linges souillés. Elle s'est faufilée entre le lavabo et la baignoire et elle est restée là, à me regarder faire. Je n'aurais pas eu à m'occuper du petit en priorité, je crois bien que je l'aurais tuée, pardonnez-moi, mon Dieu. Pourtant, je n'ai rien dit, j'ai ravalé la fureur, les cris, les reproches. Si elle attendait que je la châtie, elle a dû être déçue car dès cet instant j'ai su qu'il n'y avait pas de châtiment possible pour la faute qu'elle venait de commettre. Elle me glaçait, cette petite qui m'observait, les bras croisés, immobile et silencieuse comme un sphinx de pierre. Je savais que je ne dirais jamais rien, ni à elle ni à personne, pas même à Charles. C'était trop grave, Seigneur, c'était un acte criminel, il fallait l'envelopper de silence, l'ensevelir à jamais. C'est ce que j'ai fait. Est-ce que j'ai bien fait, mon Dieu ?

*

L'oncle Louis n'a pas d'enfants mais il aime ceux des autres et il joue volontiers avec eux. Quand il demande à

Virginie de fermer les yeux, elle sait qu'une partie de gagné-gagné ou de gagné-perdu commence : l'oncle Louis va se mettre à jongler avec les mots et il faudra qu'elle en attrape un. Ce ne sont pas n'importe quels mots, ceux qu'il prononce et qui s'échappent de ses lèvres comme des bulles. Ils sont rares, souvent extraordinaires, en tout cas inconnus de la petite, on ne les entend pas tous les jours. Il les dit très vite, les uns à la suite des autres : fanfreluche, agapanthe, gerboise, exaspération, bilboquet, cantilène, pimprenelle, caractéristique, crécelle, moucharabieh, déflagration… Les mots glissent hors de sa bouche, ils s'entrechoquent comme les perles d'un collier et, à certain moment – Virginie tient toujours ses yeux fermés –, elle peut les ouvrir, c'est elle qui décide, et elle capture le mot que l'oncle est en train de prononcer. Une fois, elle a attrapé agapanthe et quelques jours plus tard son oncle lui a apporté un pot avec, dedans, la plante qui porte ce nom : l'été prochain, elle donnera de grandes fleurs bleues, a-t-il promis.

Parfois, la partie est gagnée-perdue. La petite capture un nom sur les lèvres de son oncle, mais ce n'est pas un mot-chose ou un mot-animal, rien qu'il puisse lui offrir. Il s'agit d'un mot-idée qu'il faut comprendre et dans ces cas-là, l'oncle en explique patiemment la signification à Virginie. L'autre jour, c'était "caractéristique". Il y a eu aussi "déflagration". Quand elle perd à ce jeu, Virginie n'en éprouve aucun dépit car apprendre un mot nouveau est pour elle aussi important et agréable que de recevoir un cadeau. Une fois qu'elle en connaît le sens et l'orthographe, elle le note dans un petit carnet.

La semaine dernière, elle a ouvert les yeux dans la seconde même où son oncle disait "colombe". Et comme de juste – la règle du jeu l'exige – il lui a acheté une colombe. C'est une cousine des pigeons mais elle est plus fine, plus délicate, avec des plumes toutes blanches, et elle est capable de roucouler des journées entières.

*

Le fils ne semble pas avoir souffert outre mesure de son séjour dans la poubelle familiale. De sa mésaventure, il ne conserve ni séquelles ni souvenir.

A quatre ans, Christophe Douhet est un petit garçon exquis, aux boucles couleur de pain grillé et dont les yeux d'écureuil, vifs, moirés de lumière blonde, furètent ici et là, engrangeant les mille merveilles que le monde propose à un regard d'enfant.

Il témoigne à sa sœur une dévotion sans limites, et la suit pas à pas dès qu'il peut se soustraire à la vigilance de la mère. Virginie l'attire comme un aimant, il ne connaît rien au monde qui recèle tant de mystère, c'est dire s'il veut la connaître, s'en approcher, s'attirer ses bonnes grâces. Il les obtient parfois mais d'autres fois elle les lui refuse rudement et il ne comprend pas ce qui motive ces brusques sautes d'humeur.

Christophe déteste qu'on le traite en bébé mais de Virginie, il accepte tout : elle peut faire de lui sa poupée, lui mettre des rubans dans les cheveux, l'habiller avec ses anciennes robes, il ne demande pas mieux, il est aux anges. Quand ils jouent ensemble et qu'ils entendent venir le pas de maman, Virginie se cache avec lui sous une table, au fond de la penderie ou dans le placard à balais. Mais il arrive aussi qu'elle le repousse et lui ordonne de la laisser en paix. Il ne peut prévoir comment elle va réagir. D'ailleurs, maman le dit bien : on ne sait jamais à quoi s'attendre avec cette enfant.

*

Dans les rivières, là-bas, au fond du monde, dans les mines profondes, des hommes cherchent l'or. Ils cherchent sous un soleil qui tue, le corps éreinté, courbé, poisseux d'une sueur chaude qui leur brûle les yeux, des années durant ils cherchent comme des diables fourbus, comme des demi-dieux impécunieux, ils s'acharnent à cette quête. Mais comment trouver l'or où il se trouve ?

Dans sa maison, ici, bordée à droite comme à gauche de fusains bien taillés, précédée d'une pelouse bien tondue, Virginie cherche le pardon. S'il le faut, elle y passera sa vie, elle s'acharnera elle aussi, elle se l'est promis. Comme les chercheurs d'or de là-bas, si loin. Mais comment trouver le pardon quand l'offensée s'obstine à nier l'offense ? Comment obtenir le pardon quand la victime, trop innocente, ignore qu'il y a eu crime ?

Pourtant, il faut de l'or pour survivre, l'or d'un regard, d'un geste, d'une parole, il faut le pardon, absolument.

Tous les jours, Virginie le cherche, et certains jours elle s'échine à le poursuivre avec une fièvre décuplée. Celui-là se situe peut-être à un mois de la poubelle, de la scène silencieuse dans la salle de bains. C'est un dimanche. Charles Douhet pousse le landau du bébé Christophe, la mère marche à son côté. Il y a là aussi, égaillés sur la route, l'oncle et la tante, quelques cousins. Par ce bel après-midi, sitôt fini le déjeuner, tous ont voulu sortir pour une promenade dans la campagne hivernale. Virginie marche en avant de la petite troupe, elle boite. Elle voit arriver la voiture et se jette sur sa trajectoire. Il y a une embardée, le crissement des freins, mais la voiture passe, elle est passée. Il y a des cris : Prends garde à toi, Virginie ! Tu pourrais faire attention ! Cette enfant n'a aucune notion du danger ! Elle ne reconnaît pas les voix mais toutes disent qu'elle n'a pas vu la voiture arriver. Toutes sont d'accord et toutes se trompent. Elle l'a très bien vue surgir, là-bas, au tournant, elle a pensé que peut-être le pardon était dedans, elle a voulu aller à sa rencontre, l'intercepter, mais il a filé, cette voiture l'a emporté sur les chapeaux de roues.

La mère est restée près du landau, tout contre le père. Elle ne dit rien de plus et rien de moins que les autres. Que les routes sont dangereuses, que Virginie est une imprudente, une trompe-la-mort, qu'un accident est si vite arrivé. Et la famille se serre en file indienne le long du talus, et la promenade se poursuit par ce beau dimanche sec et froid.

*

Une autre fois, quelques jours à peine se sont écoulés depuis cette balade à la campagne, Virginie sort dans la nuit, vêtue de son seul pyjama, et s'assoit sur la première marche du perron. C'est le plein hiver, il gèle sans doute, en tout cas elle grelotte, mais elle ne bouge pas. Il lui faut expier, elle attend le pardon.

C'est le père qui la trouve au matin, transie, les lèvres bleues, à demi inconsciente déjà. Il faut appeler l'ambulance, qu'on la transporte de toute urgence à l'hôpital.

Dans la chambre, des médecins, des infirmières tournent autour d'elle mais elle ne voit que des silhouettes qui se meuvent dans une brume bleutée. Elle a beaucoup de fièvre, elle délire, on se penche pour écouter le discours décousu, les paroles incohérentes qui coulent de ses lèvres. Les hommes et les femmes en blanc qui l'entourent, qui la soignent, n'en retiennent que des bribes. Plus tard, quand la visite est autorisée aux parents, ils les répètent. La petite dit qu'elle cherche et attend, qu'elle attend et cherche, mais on ne sait pas quoi. Avez-vous une idée de ce qui la tourmente ? Aucune, dit la mère, c'est une enfant difficile qui vit dans son propre monde. Les blouses blanches haussent les épaules, renoncent à comprendre, à interférer dans une affaire qui excède leurs compétences : après tout elles sont ici pour soigner les pneumonies, les points de pleurésie ou autres complications respiratoires, non pour traiter les blessures de l'âme.

Néanmoins, la fièvre de Virginie va céder, le flot des paroles délirantes se tarira peu à peu, il sera bientôt temps de la renvoyer chez elle où elle achèvera sa convalescence.

Dans sa chambre retrouvée, elle voit l'oiseau bleu aux grandes ailes déployées sur la cloison peinte en jaune qui fait face à son lit. De drôles de pensées floconnent dans sa tête. Elle se dit qu'un oiseau d'une telle envergure, et bleu de surcroît, ne peut exister. Il n'existe pas davantage que le châtiment qu'on ne lui a pas infligé, que le pardon qu'elle mendie jour après jour. Et elle, existe-t-elle ?

La mère pénètre dans la chambre à intervalles réguliers pour s'assurer que tout va bien, qu'elle ne manque de rien. Elle ne s'attarde jamais, elle demeure debout au pied du lit ou dans l'encadrement de la porte. Elle lui demande ce qui lui ferait plaisir, ce qu'elle désire. Quel que soit le mot qui, dans le vocabulaire, désigne son désir – l'absolution, le pardon –, il est exténué par trop de manipulations. Les couleurs du mot se sont diluées, à force il est un peu déformé, dévoyé, mais il se tient là, entre elles. Pardon. La mère sait que la fille ne le demandera pas, jamais. Et la fille sait que la mère ne l'accordera pas, jamais. Ensemble, et seules dans cette chambre, elles savent.

*

Virginie m'inquiète, Dieu du ciel, depuis qu'elle sait lire elle reste à l'écart, plongée dans ses livres, et refuse de partager les jeux de ses petits camarades. Seuls ceux que lui propose Louis trouvent grâce à ses yeux et en particulier cette idiotie qui consiste pour elle à fermer les yeux et à attraper au vol ce qu'ils appellent un mot-bulle. L'oncle a l'air de prendre autant de plaisir que la nièce à ces parties ; il affirme que c'est là un exercice pédagogique destiné à enrichir le vocabulaire de la petite. Tant de prétention est inadmissible ! Voilà un monsieur célibataire qui se pose en pédagogue et semble sous-entendre que nos méthodes éducatives laissent à désirer. Bien sûr, Charles n'y trouve rien à redire, il aime trop son frère pour seulement penser à le remettre à sa place. Mais moi, mon Dieu, je n'ai aucune raison de supporter cela : un jour, je dirai son fait à Louis, que ça lui plaise ou non. Car mon beau-frère ne se contente pas de mobiliser l'attention de Virginie, il lui fait des cadeaux ridicules, le dernier en date est une colombe qui nous assomme de ses roucoulades à longueur de journée. Et qui se charge d'acheter des graines pour nourrir cet oiseau, qui s'occupe de nettoyer sa cage ? Moi, bien évidemment. Charles a beau dire en riant que c'est la colombe de la paix, s'il ne tenait qu'à moi, pardonnez-moi, Seigneur, je lui tordrais volontiers le cou !

*

A présent, le petit Christophe ne tarde jamais à rejoindre sa sœur et l'oncle Louis chaque fois qu'ils se mettent à jouer avec les mots. Il n'a que cinq ans mais il a très bien compris la règle du jeu.

Ce jour-là, ils sont installés tous les trois dans la chambre de Virginie. Quelques mots-bulles se sont déjà échappés des lèvres de l'oncle quand Virginie ouvre les yeux et s'empare du dernier : *claudication*. Elle pressent aussitôt qu'elle a gagné-perdu, que ce mot-là n'est ni un nom-objet, ni un nom-animal. Elle attend que son oncle lui en révèle le sens. D'ordinaire, il feuillette très vite le gros dictionnaire qu'il a dans la tête et, sitôt qu'il a trouvé le mot en question, il en livre la signification à la petite. Cette recherche ne dure jamais plus de quelques secondes. Pourtant, aujourd'hui, avec *claudication*, l'oncle Louis ne réagit pas au quart de tour comme à l'accoutumée. On dirait qu'il hésite, qu'il est pris d'un grand embarras. Peut-être a-t-il oublié le dictionnaire qu'il transporte habituellement derrière son large front, se dit Virginie. Le fait est que l'oncle ne fait même pas mine de le consulter. Ses yeux qui ont pris ceux de la petite semblent vouloir tisser entre eux un lien nouveau comme ces fils de la vierge que l'on trouve tendus au matin en travers d'une allée, qui n'existaient pas la veille et qui brillent dans le soleil.

Au bout d'un moment, il dit d'une voix changée, plus basse que sa voix habituelle : Ecoute, Virginie, ce mot-là, tu le connais, d'une certaine façon tu le connais même très bien. Il a l'air si sûr de ce qu'il affirme que la petite n'ose pas protester et le laisse poursuivre : Pour cette raison, je préférerais que tu le découvres toi-même. Pendant que je continue à jouer avec Christophe, tu vas aller dans le bureau de ton papa et chercher comme une grande le sens de claudication dans le Larousse.

Elle est impressionnée par la gravité soudaine de son oncle, Virginie. Peut-être même s'inquiète-t-elle de cette modification qu'il vient d'apporter au rituel établi. Néanmoins, elle obéit. Dans le bureau de son père, elle ouvre le dictionnaire et se met à tourner des pages, des pages. Il y a beaucoup de mots qui commencent par la lettre *c*, il lui faut un certain temps avant de dénicher *claudication*. Enfin, elle y est, le voici. Elle lit : *Claudication : action de boiter.*

Altération pathologique de la marche. Elle sent monter de son cou jusqu'à son front une vague de chaleur rouge, son cœur bat plus vite, elle peut à peine respirer. Mais elle est consciencieuse : elle attend que son cœur se calme, prend un crayon et note la définition sur un bout de papier qui traînait là. Pendant qu'elle écrit, la chaleur rouge s'atténue, disparaît. Lorsqu'elle revient dans sa chambre, le regard de l'oncle Louis s'accroche au sien, le fil se tend à nouveau entre eux mais maintenant elle sait que ce fil est un chemin invisible aux autres, un chemin secret qui n'appartient qu'à eux et que seuls ils connaissent.

*

Dieu du ciel, quelle frayeur j'ai eue l'autre dimanche ! Quand je revois la voiture faire cet écart pour éviter Virginie, j'en tremble encore. Il faisait un temps superbe, on se baladait en famille sur cette petite route de campagne mais elle, Virginie, il faut toujours qu'elle se distingue, qu'elle fasse bande à part. Elle allait seule, loin devant, et malgré mes recommandations, Vous me connaissez, Dieu tout-puissant, elle n'a pas pris garde à cette voiture qui arrivait à toute allure. Pas la moindre conscience du danger, cette petite, une écervelée, toujours à rêvasser, il n'y a jamais de paix possible avec elle. Mais elle a échappé au pire, c'est ce qui importe, n'est-ce pas ? Vous n'avez pas voulu que mon enfant soit percutée sous mes yeux, Vous n'avez pas permis qu'elle nous soit enlevée d'une façon aussi atroce, je Vous en rends grâce aujourd'hui et à jamais. Soyez loué, Seigneur, d'avoir fait en sorte que ce conducteur ait de bons réflexes, soyez loué d'avoir sauvé mon enfant.

*

Que ce soit l'été, l'automne, l'hiver, qu'elle évolue sur un trottoir en sa compagnie ou dans le jardin – il la regarde alors depuis la fenêtre – ou encore qu'elle se déplace à travers les pièces de la maison, Charles Douhet sent son cœur se tordre sitôt qu'il voit marcher sa fille. Un cœur pourtant plein de son amour pour Clairette, plein aussi de sa tendresse pour Christophe et Virginie, et qui, néanmoins, se laisse essorer comme une vulgaire serpillière par la torsion formidable que lui imprime la douleur. Comment expliquer cela ? Cela qui ne date pas d'hier.

Le jour où il a conduit Virginie en robe blanche jusqu'à l'autel, il avait déjà ce vieux chiffon dans la poitrine et à mesure qu'ils progressaient dans la travée centrale de l'église, le pas cahotant de sa fille appuyée à son bras se répercutait dans son propre corps, il sentait chaque fois une infime secousse dont l'onde irradiait en lui, et les mains de la douleur serraient, compressaient la guenille logée au creux de son thorax.

Il ne l'a jamais avoué à Clairette, mais ce jour-là il a cessé de croire en Dieu. La foi est tombée de lui, écrasée peut-être par le poids de sa fille en déséquilibre contre lui à chaque pas, tombée, perdue quelque part entre le porche de l'église et le chœur, avec le prêtre qui attendait et le futur mari déjà agenouillé sur son prie-Dieu. Il ne croyait pas davantage au mari quand il lui a remis entre les mains le destin de sa fille.

Après la cérémonie, loin derrière dans le cortège qui suivait les nouveaux époux, il ne voyait de Virginie qu'un bout d'épaule en satin blanc, cette épaule qui montait, s'abaissait au rythme de sa démarche claudicante. Sa fille était mariée à présent mais elle boitait toujours et les mains géantes, suffocantes de la douleur s'acharnaient tant et si bien sur la serpillière que, parvenu sur le parvis, il a dû s'écarter, s'appuyer un instant au porche de l'édifice. Nul parmi les invités de la noce n'a remarqué son malaise, pas même Clairette.

Clairette a toujours soutenu que cette boiterie n'était que feinte et provocation mais dans la tête de Charles le doute persiste encore, il persistera à jamais. Comment la belle fille en robe virginale pouvait-elle feindre quand elle s'avançait au bras de son père, quand elle allait rejoindre l'homme qu'elle s'était choisi et recevoir avec lui la bénédiction nuptiale ? Comment expliquer cela ? Personne ne répond à cette question car Charles Douhet n'a personne à qui la poser.

*

Cécile Mindray a deux maisons depuis que ses parents ont divorcé. Dans chacune, elle a sa chambre, son lit, ses petites affaires. C'est très amusant de changer de décor et d'habitudes, de la sorte on ne risque pas de s'ennuyer. Le fait est qu'elle a maintenant deux vies, ce qui semble lui procurer beaucoup de contentement. Son père vit avec une nouvelle dame qui ne pense qu'à lui faire plaisir et à la gâter. Elle lui offre des jupons en dentelle, des barrettes dorées pour ses cheveux et aussi le cinéma quand un film de Walt Disney est au programme. Chaque week-end, ils viennent la chercher et pendant les vacances ils l'emmènent avec eux à la mer ou à la montagne. A Noël, ils ont loué un chalet dans une station des Alpes et elle a pris des leçons de ski, elle a même gagné sa première étoile. Bien sûr, elle est obligée de passer la semaine avec sa mère qui n'a pas encore trouvé d'autre monsieur. Mais ça viendra, affirme Cécile, et alors elle aura tout en double.

Virginie envie beaucoup Cécile Mindray qui a dix ans, tout comme elle, et qui a la chance d'avoir des parents divorcés. Dans sa classe, huit de ses camarades sont dans le même cas, ce qui prouve bien que le divorce est à la portée de tout le monde. Pourquoi cette grâce ne lui échoirait-elle pas, après tout ? Elle vient de découvrir que désordre et zizanie peuvent engendrer de joyeux arrangements mais comment provoquer le chaos où règne la paix, comment moucher la flamme sacrée qu'entretient le couple Douhet, elle n'en a pas la moindre idée. Cécile lui conseille de prendre patience, Ton tour arrivera bientôt, dit-elle, maintenant presque tous les parents se séparent un jour ou l'autre.

Pendant les récréations, Virginie interroge Cécile sur sa nouvelle vie. Surtout, elle voudrait savoir s'il y a moyen de prévoir l'événement, d'en deviner l'imminence. Peut-on le voir venir ? Qu'est-ce qui change ? Comment s'annonce le grand chambardement ? Cécile lui explique qu'il y a des signes "avant-coureurs" qui ne trompent pas. Souvent, ça commence par des cris, des disputes très désagréables. Un soir, ton papa rentre plus tard que d'habitude et ta maman lui fait une scène. Ou, au contraire, à certains moments, les parents ne se parlent plus, il y a de longues fâcheries et, à table, on mange en silence. Ce qui n'est pas, non plus, très agréable, mais il faut ce qu'il faut. A la fin, quand les parents ne dorment plus dans la même chambre, alors tu peux être sûre, le divorce ne va pas tarder.

Chez elle, inlassablement, Virginie recense les attitudes, les gestes, les mots assortis à la liturgie familiale. Et elle entend, irrévocables, inévitables, les “ma chérie” que le père murmure à la mère. Et elle voit une main sur une épaule, une bouche qui s’écrase dans la tiédeur d’un cou, ou encore Charles et Claire Douhet enlacés sur la balancelle, et tout ce qu’elle enregistre d’un œil nouveau et si inquisiteur ne ressemble en rien à un signe “avant-coureur”. Les seuls signes qui se manifestent courent à l’encontre de son désir secret.

Jour après jour, Virginie guette le père et la mère, elle attend que surviennent les symptômes décrits par l’heureuse Cécile. Mais bien qu’elle croise les doigts pour que la discorde s’installe dans la maison, rien de semblable n’arrive : aucun nuage ne se forme à l’horizon. Au cours des repas, les parents conversent gentiment, ils rient de tout et de rien, toujours aussi complices et, de temps à autre, le père pose sa main sur celle de la mère en une caresse furtive. A l’évidence, ses parents apprécient d’être ensemble, ils forment bloc, rien ne pourra jamais les désunir. Virginie devrait se faire une raison mais elle n’y parvient pas. Elle continue d’observer le père et la mère qui lui opposent cette image d’une félicité chaque jour plus exaspérante, plus décevante.

Tout au long des récréations, Cécile poursuit l'inventaire des avantages et privilèges que lui assure sa nouvelle condition. Virginie l'écoute encore mais la lumière de la convoitise a cessé de briller dans ses yeux et son intérêt va décroissant. Elle sait à présent qu'elle ne jouira jamais des agréments qui lui sont si abondamment décrits et qu'elle ne connaîtra pas ces bonheurs-là : il faut qu'elle y renonce et s'en détourne comme le renard de la fable se détourne des raisins qu'il ne peut atteindre. Elle a compris qu'elle doit faire son deuil des jupons en dentelle, des barrettes dorées, de Walt Disney et de l'étoile des neiges.

*

Vous le croirez si Vous voulez, mon Dieu, mais cette enfant, notre propre fille, n'a pas d'autre rêve que de nous voir séparés, son père et moi. Depuis des semaines, j'avais le sentiment qu'elle nous épiait, que nous étions devenus pour elle un sujet d'observation et qu'elle nous regardait avec un œil d'entomologiste. Cet intérêt nouveau et passionné ne me semblait pas de bon augure : elle devait avoir une idée derrière la tête et je me demandais bien laquelle. Charles protestait que je me faisais des imaginations mais je voyais juste, c'est maintenant pour moi une chose avérée : récemment, elle s'est mise à me poser ses inquiétantes petites questions. Elle me demandait comment j'avais connu son père, si je l'aimais vraiment ou encore si on pouvait vivre toute la vie avec la même personne, si on ne s'ennuyait pas à la longue. A tout cela, je répondais du mieux que je pouvais, Vous me connaissez, Dieu tout-puissant, même si je trouvais bizarre qu'une fillette de dix ans se préoccupe de ces choses. Pourtant, quand elle m'a parlé de cette camarade de classe dont les parents ont divorcé voici quelques mois, j'ai commencé à deviner ce qui lui trottait par l'esprit. Je ne sais pas exactement ce qu'a pu lui raconter cette petite Cécile mais, à l'évidence, elle lui a peint sa nouvelle existence comme la situation la plus amusante, la plus exaltante, la plus enviable qui soit. Chacun porte sa croix, Vous le savez mieux que personne, Seigneur, mais il y a de quoi ployer les genoux et succomber sous le fardeau quand on découvre chez son propre enfant une aspiration si scandaleuse.

*

C'est l'odeur infecte qui suscite le souvenir, le convoque en quelque sorte et lui donne la part belle. Elle peut la surprendre n'importe où, qu'elle passe en voiture à proximité d'une décharge à ciel ouvert ou qu'elle s'approche du conteneur pour y jeter son sac-poubelle de plastique noir.

Elle est noire cette odeur qui la ramène à l'instant noir de l'enfance. Elle se retrouve dans la salle de bains où la mère est penchée sur le corps nu et potelé du frère : elle vient de lui retirer ses vêtements qui puent et les a jetés sur le sol.

La mère penche la tête vers Christophe, elle le cajole puis elle fait glisser sur lui l'éponge douce, ça mousse, et Christophe est ravi, il a déjà oublié l'incident de la poubelle. La mère aussi, semble-t-il, qui ne dit rien, ne relève pas le visage et à aucun moment ne regarde la fille. Dès l'instant où elle a commis cette action délictueuse, Virginie a cessé d'exister, ce doit être ça. Dans la seconde où elle a jeté son frère dans la poubelle, elle est devenue *persona non grata*.

Elle restera trois heures debout entre le lavabo et la baignoire à se demander comment continuer d'exister quand on n'existe plus aux yeux de sa propre mère.

*

C'était l'été du Sud quand il met dans les arbres des orphéons de cigales qui vous assourdissent du matin au soir, c'était la chaleur du Sud qui fournissait aux pères le prétexte au double pastis à l'heure de l'apéritif, et l'on ne portait rien sur le dos ou presque, et les salades variées, odorantes, éclatantes de couleurs, portées par une théorie de filles en bikini – les cousines –, arrivaient sur la table, à l'ombre de la tonnelle où l'on se réfugiait pour déjeuner. C'est qu'on se retrouvait nombreux cet été-là dans la bastide de l'oncle Vincent, trois ou quatre couples et une dizaine d'enfants sous le même toit, la tribu Douhet au complet.

Après le repas partagé dans la touffeur de l'air et de la concorde familiale, c'était la sieste dans les hamacs ou dans la pénombre fraîche des chambres. Puis venait le moment de s'ébrouer, de choisir entre piscine et plage : chacun vivait alors ce caprice comme un luxe, oui, la possibilité de ce choix entre plage publique et piscine privée représentait un privilège que l'on savait apprécier, savourer.

Cette année-là, Christophe, le plus jeune des cousins, ne sait pas encore nager. La piscine est du bleu même de la tentation, aussi lui permet-on d'y barboter à certaines heures mais il faut sans cesse garder un œil sur le garçon. Une piscine, c'est l'enfer sitôt qu'il y a des enfants qui tournent autour, dit la mère.

Tous les autres, bons nageurs, plongeurs aguerris, se jettent dans les ocelles de lumière, ils fendent des épaisseurs limpides, bras, jambes battant l'eau de beaux rythmes, et du bassin si bleu jaillissent des éclaboussures, des rires, des cris : c'est l'été comme jamais.

Un après-midi cependant, Charles Douhet se retrouve seul au bord de la piscine avec Christophe, tous les autres ayant préféré la plage. La mère, qui s'est jointe au groupe, a confié la surveillance du fils au père et ce dernier s'acquitte de son devoir avec toute la vigilance requise. Christophe, la taille ceinte d'une bouée, flotte et barbote non loin, comme à l'ordinaire. Mais il suffit d'un rien et ce rien sera ce jour-là un papillon qui a voulu boire et qui se noie. Charles, dont le cœur est tendre, s'émeut au spectacle de cette beauté en péril et n'a plus qu'une idée en tête : sauver le papillon. Il s'écarte quelques secondes à la recherche de la perche et de l'épuisette, et tandis qu'il repêche le bel imprudent, le retire du filet, le dépose avec d'infinies délicatesses sur la margelle où il pourra sécher au soleil, là-bas, à l'autre bout du bassin, Christophe boit la tasse. Sa bouée s'est dégonflée, ou malencontreusement percée, et il se débat, aussi piteux et affolé que le papillon un instant plus tôt. Charles se précipite, attrape l'enfant, le sort de l'eau, hoquetant et tout tremblant. Ce n'est rien, on en sera quitte pour une belle frayeur.

La scène n'a pas eu de témoin mais Charles Douhet est un honnête homme, un homme sans malice et incapable de la moindre dissimulation. Aussi, quand la petite troupe, retour de la plage, est réunie sous la tonnelle, ne tarde-t-il pas à raconter l'incident. Claire Douhet blêmit mais retient les reproches piquants derrière la barrière de ses lèvres – on n'est pas du genre à régler ses comptes devant l'assemblée familiale, on peut se contrôler et attendre le moment opportun. Elle vient de s'emparer de son fils, elle le coince entre ses genoux et, avec une serviette, entreprend de l'étriller. Elle frotte le petit corps pour le réchauffer mais Christophe n'a nul besoin d'être réchauffé, il y a bien deux heures que son père l'a sorti de l'eau et posé sur la margelle, au soleil, tout comme le papillon. Et donc, il gigote sous la friction excessive, le petit Christophe, il cherche même à se défiler, à échapper à l'étau des cuisses maternelles. Mais Claire Douhet ne le lâche pas et elle frotte de plus belle car ce qu'il s'agit de réchauffer – ou de ne pas laisser refroidir –, c'est sa juste hargne contre Charles, il ne perd rien pour attendre celui-là, elle la lui servira encore bouillante dès qu'ils se retrouveront seuls dans leur chambre. Pour l'heure, elle se contente de dérouler sa voix comme un ruban de velours incrusté de sequins mais, à bien écouter, on s'aperçoit que les sequins sont en vérité des éclats de shrapnells quand elle dit : Mon bonhomme, là, n'est qu'un sauveur de papillons. Et toute la parentèle s'esclaffe, nul ne peut nier que la formule sied comme un gant au pauvre Charles qui prend un air penaud, un air de chien battu. Ce surnom est approuvé, applaudi, il restera une *private joke* dans les annales de la tribu Douhet, pour sûr on ne laissera pas passer l'occasion de l'utiliser.

*

Elle n'a jamais que six ans et demi, sept ans tout au plus. Elle croit encore aux fées, bonnes ou mauvaises. Elle croit que saint Nicolas partage ses macarons avec les enfants des corons.

Elle a cru que le pardon viendrait si elle restait assise sur la première marche du perron, si elle était capable de l'attendre avec patience, en endurant la peur et les frissons une nuit entière. Si le froid ne lui avait pas traversé les os pour aller bâtir son nid de glace dans sa poitrine, si le sommeil ne lui avait pas fermé les yeux, elle aurait vu arriver la compagnie des anges avec, hissé sur leurs ailes, le cadeau adorable et tant espéré : le pardon.

La nuit est faite pour attendre les anges qui apportent la grâce et l'absolution, voilà ce qu'elle croit. Tant pis pour ceux qui dorment et continuent à l'ignorer. A cause du sommeil elle a manqué ce rendez-vous mais maintenant qu'elle sait, elle ne recommencera pas, elle s'est promis de ne jamais se laisser surprendre : elle ne dormira plus, voilà ce qu'elle a décidé.

Et la fille ne dort plus la nuit.

Le père et la mère s'étonnent de ce qu'elle somnole le matin sur les tartines de son petit-déjeuner. Comme cela se reproduit jour après jour, ils s'inquiètent et la mère a vite fait de préconiser un examen médical complet. Mais, au bout de la consultation, cette nouvelle blouse blanche qui l'a tâtée, auscultée et palpée tant et plus affirme que Virginie n'a rien. "D'un point de vue physiologique, je ne m'explique pas ces troubles du sommeil", a-t-il répété, perplexe. Forte de ce diagnostic par défaut, Claire Douhet estime qu'un autre "point de vue" est donc nécessaire et, rendez-vous pris, elle traîne sa fille dans le cabinet d'un spy ou psy, la petite ne sait pas au juste. Celui-là ne porte pas de blouse blanche mais un complet-veston. Quand la mère, bille en tête, lui annonce que "cette enfant-là prend la nuit pour le jour", il branle un peu du chef, dubitatif.

— Nous allons voir ça, dit-il.

Mais avant de voir, il lui faut se renseigner quelque peu.

— Quand ces insomnies ont-elles commencé ?

— Il y a un mois peut-être, répond la mère. La petite se remettait d'une bronchopneumonie.

— Sont-elles consécutives à un incident quelconque qui l'aurait bouleversée ? demande-t-il encore.

— Non, dit la mère. Il ne s'est rien passé.

Claire Douhet est alors priée de sortir et d'attendre à côté afin que le complet-veston puisse s'entretenir en tête à tête avec Virginie. C'est drôle, il ne prend même pas la peine de l'examiner et reste assis derrière son bureau à griffonner. En revanche, il pose beaucoup de questions, c'est un grand curieux et non un médecin, pense la petite. Il faut se méfier, on en est bien d'accord avec Camille. Si ce monsieur s'imagine qu'on va lui faire des confidences et lui avouer qu'on attend chaque nuit la visite des anges, il se trompe. Grâce à Camille, on tiendra sa langue, on restera bouche cousue tout le temps qu'il faudra face à cet indiscret. Il n'est pas question de parler de la compagnie des anges à n'importe qui, à un inconnu, on risquerait de compromettre leur mission ou de les fâcher, et alors ils n'apporteraient jamais le cadeau, le pardon.

Il a beaucoup insisté, le complet-veston, et bien qu'il ait tout essayé pour l'apprivoiser, bien qu'il ait mis en action toutes ses batteries de séduction, il a fait chou blanc : Virginie ne lui a pas livré son secret. Quand il a compris qu'il n'en tirerait rien, il a rappelé Claire Douhet et l'a informée de son échec.

— C'est une enfant très fermée, une tête de pioche, a dit la mère sur un ton de triomphe, je vous avais prévenu.

De la poitrine de l'indiscret s'est échappé alors un petit sifflement, comme d'un ballon qui se dégonfle. Puis il a pris un bloc de papier blanc et s'est mis à écrire.

— Je vous prescris un petit somnifère. Qu'elle prenne un comprimé chaque soir, avant le coucher. Avec cela, au moins dormira-t-elle.

*

— Bois ! ordonne la mère qui se tient debout près du petit lit.

Et elle lui tend le verre d'eau. Virginie a déjà, pincée entre son pouce et son index, la petite pilule rose. On est deux, il faut être plus malignes qu'elle, surtout ne l'avale pas, souffle Camille.

Virginie porte la pilule à sa bouche et, avec sa langue, réussit à la loger derrière sa gencive, loin à l'intérieur de la joue.

— Avale ! ordonne la mère.

La fille prend une petite gorgée d'eau et déglutit rapidement.

— Ça y est, annonce-t-elle.

— C'est bien. Maintenant, tu vas dormir.

La lampe de chevet a été éteinte, la porte refermée. Vite, rallumer, recracher la petite chose ronde et rose au creux de sa paume. Elle la regarde, regarde le sommeil rond et rose auquel on prétendait la soumettre, auquel elle a réussi à se soustraire. Camille applaudit : Tu vois, ce n'était pas bien sorcier. Mais tu dois t'en débarrasser vite fait bien fait et sans délai. Tu te lèves, tu vas aux toilettes, tu jettes la pilule dans la cuvette et tu tires la chasse. Exécution !

*

Dieu du ciel, notre fille a trouvé un nouveau moyen de nous mortifier, de nous ignorer. Désormais, elle nous préfère ses livres et se comporte en étrangère dans la maison. Excepté les moments où elle nous rejoint pour se nourrir, on ne la voit plus. Elle passe ses journées dans sa chambre à ingurgiter des pages, à se gaver de fadaises et quand mademoiselle daigne quitter son antre il faut voir ses yeux, on croirait un lapin albinos tant ils sont rouges et larmoyants. Les filles de son âge pensent à la toilette, aux sorties, aux garçons mais elle, pas du tout, rien de ce qui a trait au divertissement ou au plaisir ne l'intéresse. Elle consacre tout son argent de poche à l'achat de livres, elle en rapporte de nouveaux chaque fin de semaine, sans compter ceux qu'elle emprunte à la bibliothèque. Que faire, mon Dieu, pour abattre ces remparts de papier qu'elle dresse contre nous ? Charles ne voit aucun mal à ce goût immodéré pour la lecture et me conseille de ne pas le contrarier. Mais Charles est un naïf, Vous le connaissez, Seigneur, et son amour pour sa fille l'aveugle. La vérité, c'est que Virginie nous fuit, elle se réfugie dans ses fictions pour mieux nous échapper et proclamer son absence. Cette situation ne date pas d'hier, Vous le savez aussi bien que moi, mon Dieu, sitôt qu'elle a eu accès au livre, notre fille a été perdue pour nous.

*

En cet après-midi de juin, les parents se sont absentés pour aller réconforter une famille amie qu'un deuil vient de plonger dans l'affliction. C'est très bien ainsi, on a la paix ; le soleil, lui, n'est pas mort, il est même au mieux de sa forme. Virginie, quant à elle, est dans un de ses bons jours. Assise sur la balancelle, elle oublie de se balancer, éblouie qu'elle est par ce bijou de feu accroché au bleu du ciel. Le petit frère qui joue non loin de là sent qu'on peut s'approcher, tenter de pactiser : il abandonne son jeu solitaire, fait trois pas vers sa sœur et lui demande :

— Tu veux que je te pousse ?

Virginie répond qu'elle a une meilleure idée. Christophe adore les idées, surtout celles de sa grande sœur. Mais il sait qu'il faut attendre, éviter de la brusquer. Virginie laisse passer quelques secondes et dit enfin :

— Voilà ce que je te propose : si tu veux, on pourrait essayer d'attraper le soleil.

— Oh oui ! Oh oui ! s'écrie le petit.

Et il bat des mains. Dès lors qu'elle émane de sa sœur, l'extravagance de cette suggestion ne saurait lui apparaître et pas un instant il ne met en doute la réussite de l'entreprise.

— Va chercher une pelote de ficelle dans le premier tiroir du buffet, lui ordonne Virginie. Je t'attends près de la remise.

Tandis que le garçon court vers la maison aussi vite que le lui permettent ses petites jambes, elle sort un escabeau de la remise et l'accote au bâtiment en sorte qu'ils puissent monter sur son toit.

Christophe la rejoint bientôt, brandissant une pelote de ficelle.

— Je l'ai ! Je l'ai trouvée ! annonce-t-il, tout excité.

Virginie lui explique qu'il va leur falloir grimper sur le toit de la remise afin d'être plus près du ciel et d'augmenter leurs chances de réussite. Elle invite l'enfant à passer le premier et maintient l'escabeau à deux mains tandis qu'il en gravit les marches. Puis elle grimpe à son tour.

Le frère et la sœur sont debout à deux mètres du sol, face à cette boule d'or en fusion qu'ils convoitent. La pelote est dans la main droite de Virginie, elle en tient l'extrémité serrée entre deux doigts, dit soudain : Un, deux, trois ! et la lance de toutes ses forces contre le ciel. La pelote monte, monte en se déroulant, mais lorsqu'elle arrive au bout de sa course, elle se détend, et ce n'est plus qu'un mince serpent tout flasque qui retombe sur le sol, devant la remise.

Christophe regarde cette chose inerte à leurs pieds et dit :

— Elle est trop courte.

Cette phrase d'une simplicité extraordinaire dans son innocence fait pivoter la tête de Virginie vers le garçon et dans son regard il y a alors de la surprise mais aussi une soudaine considération : il est si calme, si serein, le petit frère, l'échec de leur tentative ne semble pas avoir entamé sa confiance.

Et maintenant, Christophe ajoute tranquillement :

— La prochaine fois, il faudra trouver une grosse pelote, une très grosse. Et alors, sûr qu'on l'attrapera, le soleil.

*

Par inclination naturelle, Charles Douhet serait porté à dire à tout moment "ce qu'il a sur le cœur". Cette formule est chère à Clairette qui ne se prive pas de la mettre en pratique quand bien même cette franchise à bout portant risque de froisser les susceptibilités, de provoquer griffures, blessures et profondes rancœurs. A la maison, au même titre qu'elle seule possède des bijoux de prix et peut les porter ou non selon son caprice, Clairette détient comme un monopole le luxe du parler franc.

Allons, dis-moi ce que tu as sur le cœur, dit-elle souvent, insistante, câlinante. Le cœur de Charles Douhet dans ces moments-là ? Un pré calciné par l'été sur lequel on l'exhorte à avancer et chacun de ses pas lève des myriades d'insectes, sauterelles, libellules et criquets, mais impossible de s'en saisir pour les offrir à Clairette et satisfaire sa curiosité.

Et il y a plus difficile encore à communiquer, ce sont les sensations, les émotions charnelles. Aussi fort qu'il l'aime, Charles Douhet ne peut partager cela avec sa femme. Il déplore cette incapacité, cette opacité qu'il est impuissant à réduire, il se la reproche, la ressent comme une indignité qui entache la transparence de son amour, il l'endure comme une infirmité et à la fin se dénonce comme coupable. Ce non-partage est une évidence timide, rétive, qui longtemps s'est tenue cachée dans une anfractuosité de sa pensée.

Avec patience, parce que l'honnêteté de sa conscience lui intimait de se livrer à cette traque, il a dû la forcer comme un crabe, une patelle fuyant sous son rocher et, une fois identifiée, il a dû se forcer à l'admettre. Il forme depuis des années avec Clairette le couple le plus uni, le plus harmonieux qui soit et cependant le partage des sensations demeure une illusion, un rêve inaccessible. L'enfantement, par exemple, qu'en sait-il ? Qu'a-t-il su des joies de la chair de Claire, de ses douleurs dans ces moments où elle mettait Virginie au monde, puis Christophe ? A peu près rien, doit-il reconnaître, bien que Claire se soit efforcée de lui décrire heure après heure, minute après minute ce qui irradiait, magnifiait, torturait alors son corps de parturiente.

Que sait-on de l'autre après que l'on a macéré avec lui dans l'intimité conjugale des années durant ? Le discours syncopé des muscles, ce phrasé du sang qui parfois s'alanguit et ces pulsations véhémentes soudain, ce poids du monde qui s'ajoute au poids de ton corps et ce même corps que le bonheur peut rendre si léger, aérien, et tu as alors l'impression d'être en lévitation, tout cela comment, avec qui le partager ? Charles Douhet se désole d'avoir trouvé l'évidence négative, la vérité première et universelle mais non la solution salvatrice, le sésame qui conduirait vers le mariage absolu, la fusion, cet échange idéal et de tous les instants. C'est un homme qui a, au fond, des préoccupations et des désirs inavouables. Il se sent lui-même tout entier inavouable : une entité qui ne pourrait être entamée sans être abolie. Cette part secrète, irréductible, est le lot de chacun, c'est un secret de Polichinelle, mais Charles Douhet croit en être le seul détenteur et il en souffre, il désespère. Lorsqu'il désespère et éprouve sa culpabilité au-delà du supportable, il offre un nouveau bijou à Clairette qui aime les bijoux et semble se satisfaire d'un mariage imparfait, d'un partage imparfait. Il peut prévoir les réactions que provoquera son offrande. Il y aura la surprise de Clairette, sa joie, son ravissement, et Clairette parée de la nouvelle broche ou du nouveau collier continuera d'ignorer qu'elle ne possède pas tout de son généreux époux, de son merveilleux complice.

Car la complicité et le partage absolus ont toujours été et resteront à jamais des vœux pieux. Par exemple, et bien que cela remonte à très loin dans le temps, Charles sent toujours le corps de Virginie dans le berceau de ses bras quand il la trouvait endormie sur le seuil de leur chambre et qu'il la soulevait pour la ramener dans son lit. Ses muscles n'ont pas oublié ces quinze kilos de chair tiède, cette charge douce abandonnée contre lui. De même, pourvu qu'il la sollicite, il peut retrouver, intacte, la sensation de cet ébranlement régulier contre sa cuisse et son épaule que provoquait chaque pas d'une Virginie tout en blanc, de cette mariée qui boitait alors qu'il la conduisait à l'autel il y a si longtemps.

Clairette n'a pas accès, n'a jamais eu accès à cette mémoire corporelle de Charles et il le regrette.

Il existe aujourd'hui des techniques qui permettent de mettre au jour les secrets des chefs-d'œuvre de la peinture. Les rayons inquisiteurs sont à même de recenser les gestes de l'artiste face à sa toile, de révéler ses repentirs et parfois les accidents de parcours qu'il dut surmonter sur le chemin de sa création. Mais la mémoire inscrite dans les muscles, dans les os, dans la chair d'un homme, qui pourra jamais la déchiffrer, la décrypter, s'en emparer ?

*

Elle ne s'est pas tordu le pied, cela n'aurait pu nous échapper, Virginie est une douillette. Il n'y a pas eu d'entorse, de foulure et encore moins de fracture, les deux médecins qui l'ont examinée nous l'ont certifié. Pour plus de certitude, une série de radiographies de sa jambe gauche a été prescrite, et les clichés obtenus ont confirmé les premiers diagnostics. Alors quoi ? Si ce n'est pas de la comédie, de la simulation pure et simple, que faut-il en penser Seigneur ? je Vous le demande. Il y a des enfants qui mouillent leur lit, d'autres qui refusent de parler ou se frappent la tête contre les murs. Virginie, elle, a choisi de boiter pour se rendre intéressante et forcer notre attention. A l'école, pas si bête, elle boite également, elle sait qu'il me serait facile d'interroger son institutrice. D'ailleurs, pour tout Vous dire, cette démarche je l'ai faite, je voulais en avoir le cœur net. Et donc, en classe, dans la cour de récréation, elle boite de même. Il n'empêche, j'aimerais la confondre, je voudrais être une mouche pour la surprendre ailleurs, quand elle ne se sent pas observée.

Charles situe le début de cette pseudoboiterie dans les jours qui ont suivi la naissance de Christophe, mais il se trompe. Si je me fie à ma mémoire, cela a commencé bien plus tôt et, au bout du compte, quelle importance qu'elle ait inauguré ce petit jeu à cinq, six ou sept ans ?

Il y a quelques jours, excédée par cette comédie – car je maintiens qu'elle joue là une comédie –, je lui ai dit que si elle continuait ainsi ses os allaient finir par se déformer et qu'elle deviendrait boiteuse pour de bon. Dieu du ciel, le regard noir qu'elle m'a lancé – comment des yeux si clairs peuvent-ils produire un regard aussi noir, c'est un mystère – et elle me regardait fixement, sans ciller, sans un mot. A la fin, c'est moi qui ai dû céder et détourner la tête. Cette enfant me terrifie, Seigneur, parfois je ne me sens plus la force de l'affronter. Aidez-moi, mon Dieu, aidez-moi, je Vous en prie.

*

Elle agite ses ailes en prévision du grand envol, elle les exerce à battre l'air, bientôt elle quittera le nid Douhet. Alors que l'on vient de fêter le quinzième anniversaire de son frère, elle attend le jour où elle sera majeure.

Ils vivent encore sous le même toit. Plus pour longtemps, pense-t-elle, rêve-t-elle. Et elle vérifie encore son empennage, elle agite de nouveau ses ailes qui doivent l'emporter loin du nid douillet, abhorré.

La nuit, presque chaque nuit, la sensation d'une présence, d'un regard sur elle l'arrache au sommeil. Elle s'éveille en sursaut : au pied de son lit se tient la silhouette immobile de son frère.

— Tu m'as fait peur ! reproche-t-elle à voix basse.

— Je ne voulais pas te faire peur, s'excuse le garçon. Je ne voulais pas te réveiller, juste te regarder.

Elle ne comprend pas qu'il revienne ainsi chaque nuit dans le seul but de la regarder. Ne la voit-il pas toute la journée ? Christophe dit que ce n'est pas pareil, il aime la contempler dans son lit, endormie, il aime son visage de nuit, c'est un autre visage, explique-t-il, plus beau, plus doux. Il finit par avouer qu'il ne sait pas non plus très bien ce qui le pousse à s'introduire ainsi chez elle, nuit après nuit.

La grande sœur voudrait décourager le petit frère, le dissuader de quitter sa chambre pour se glisser dans la sienne une fois qu'il s'est assuré que les parents sont endormis. Elle lui dit qu'elle a été méchante autrefois avec lui, très méchante, et qu'elle ne mérite pas tant d'adoration. Mais le frère ne peut la croire, il affirme n'avoir aucun souvenir de ces méchancetés dont elle parle.

Ils chuchotent dans l'obscurité afin de ne pas alerter le père et la mère qui reposent à quelques mètres, au bout du couloir. Puis la sœur renvoie le frère.

— Retourne te coucher, Christophe, j'ai sommeil.

C'est faux, elle n'a plus sommeil, elle a besoin de réfléchir.

Après qu'elle a renvoyé son frère, elle réfléchit longtemps, elle voudrait comprendre ce qui motive ces visites nocturnes, trouver la raison de ce désir, de ce besoin qui tiennent le garçon éveillé et l'amènent jusqu'à elle.

Il lui faudra bien des heures, bien des nuits, avant que la vérité n'éclate comme un soleil dans l'obscurité de son esprit. C'est le pardon tant attendu qui vient à elle avec Christophe, comment ne l'a-t-elle pas reconnu ? Après tant d'années d'espérance déçue, elle pensait qu'elle ne l'obtiendrait plus, elle s'était résignée à sa privation définitive et elle n'a pas su le reconnaître.

Alors, cette nuit-là, c'est elle qui se dresse et fait en silence le chemin de sa chambre à la chambre du frère. Les anges l'accompagnent, forcément ils se devaient d'être là, ils ont toujours été là, à proximité du garçon, seul détenteur du pardon. Elle s'avance, entourée, comme portée par eux jusqu'à l'enfant endormi, et dépose un baiser sur son front.

*

Où tout cela va-t-il nous mener, mon Dieu ? Elle croit que j'ignore son manège et que, la nuit venue, elle peut attirer son frère dans sa chambre à mon insu. Mais je ne suis ni sourde ni aveugle et bien qu'il prenne des précautions de chat, j'entends Christophe se déplacer dans le couloir. Je guette, je suis sa progression pas à pas, et quand il a refermé la porte de Virginie derrière lui, j'arrive et je colle mon œil à la serrure. Bien sûr, il fait très sombre à l'intérieur de la chambre car la maligne n'allume jamais sa lampe de chevet. Malgré tout, je distingue Christophe de dos, debout au pied du lit de sa sœur.

Ils parlent si bas que je ne peux entendre ce qu'ils se disent, je perçois seulement un murmure. Virginie ne quitte jamais son lit et Christophe se tient à la même place, nuit après nuit. Je les surveille car je sais Virginie capable du pire. Pardonnez-moi, Seigneur, d'être devenue cette mère qui espionne ses enfants par le trou d'une serrure mais il vaut mieux prévenir que guérir : il faut que je sois là pour intervenir au premier geste suspect.

Heureusement, ces échanges nocturnes ne durent pas très longtemps. Je dois prendre garde à n'être pas découverte et m'éclipser sitôt que Christophe se détourne du lit et se dirige vers la porte.

Mais que signifient ces rendez-vous illicites, Dieu du ciel ? N'ont-ils pas toutes les heures du jour pour se parler, se dire ce qu'ils ont à se dire ? Ces questions me tourmentent et m'empêchent de trouver le sommeil quand je regagne ma place auprès de Charles. Lui, il dort comme un bienheureux, il ne sait rien de ces rencontres secrètes et tant qu'il ne se passe rien de répréhensible entre le frère et la sœur, je préfère les lui cacher. Qu'il reste dans l'ignorance et continue à dormir du sommeil du juste, mon sauveur de papillons.

N'ai-je pas raison de vouloir l'épargner, mon Dieu ?

*

Dans les papotages de Claire Douhet, on peut distinguer des perles, de véritables joyaux qui attirent l'oreille, la tiennent subjuguée. Elle dit à sa belle-sœur ou à sa voisine, bref à toute partenaire de bonne volonté et disposée à l'écouter : Virginie ne s'ennuie jamais, elle a son imagination. Comme on dirait d'une clocharde : Elle n'est pas si misérable, elle a son magot dans la doublure de sa pelure.

Les autres, qui ont elles aussi des filles adolescentes, des petites personnes renfrognées, des gamines déjà désabusées qui leur donnent bien du fil à retordre, s'extasient sur ce prodige. Mais il ne faut pas s'y méprendre : si la mère évoque ce don remarquable, cette capacité dont jouit sa progéniture, ce n'est pas qu'elle veuille hausser celle-ci dans l'estime de son auditoire. Non, non, il ne faudrait pas se fourvoyer, à elle seule revient tout le mérite. Virginie n'est-elle pas sa création, la chair de sa chair ? Cette soif, cette faim de satisfecit qui la dévorent doivent être assouvies, peu importe le moyen d'y parvenir. Aujourd'hui, Virginie fera bien l'affaire. Proclamer à la face du monde – la belle-sœur, la voisine ou qui que ce soit d'autre – qu'elle, Claire Douhet, est l'heureuse mère d'une fille capable de non-ennui lui assure à tous coups un surcroît de considération. C'est tout ce qu'elle voulait, elle a atteint son but.

Cependant, l'intéressée qui entend ce bavardage de la pièce voisine s'ennuie à périr et se sent aussi misérable qu'une clocharde authentique, c'est-à-dire désargentée et plus pauvre que Job.

L'auteur du tour de force n'est pas celle qui se monte du col et s'attire des regards d'envie. Le tour de force n'est qu'illusoire, un mensonge de plus, Virginie ne le sait que trop. Car, quand bien même on offre toutes les apparences d'ignorer l'ennui ou de posséder les armes nécessaires contre lui, quand bien même on a réussi à abuser Claire Douhet sur ce chapitre comme sur tant d'autres, quand bien même la mère pondeuse propose à l'admiration de tous son œuf doté d'une particularité ou qualité si peu commune, on s'ennuie à quinze ans. Surtout si, comme

Virginie, on est interdite de sorties et de distractions et, hormis la fréquentation obligatoire du collège, condamnée à mariner dans la quiète ambiance familiale. On a beau avoir “son imagination”, cette roue de secours à certains moments ne suffit plus, le carrosse des rêves adolescents s’embourbe et verse, on bascule dans la boue du réel, on se retrouve la joue contre les poils rêches du tapis, face à l’oiseau bleu crucifié sur le mur jaune et l’on perçoit les bruits familiers de la maison – la sirupeuse mélodie du quotidien ; jusqu’à l’écœurement on voit, on entend, on se heurte à cet horizon borné, ce cadre, cette cage où père et mère vous détiennent à bon droit et contre votre gré. Alors on se redresse, on s’assoit dos au mur et on décide de s’adonner à l’ennui, autrement dit de s’ennuyer ferme, sciemment et pour de bon. Mais décider cela équivaut déjà à déployer toutes les ressources de la volonté, une volonté belliqueuse et presque guerrière qui lance l’assaut, et l’ennui mortel se retrouve bientôt terrassé, vaincu. Virginie ne s’ennuie plus, elle enrage, et cette rage abat les murs, fracture les portes, la libère : elle s’envole sur le dos de l’oiseau bleu.

*

Avec Eric, son premier époux, l'idylle de la fille a duré trois ans.

Il travaille dans l'édition et a les dents longues : il met les bouchées doubles pour gravir les échelons. Bien qu'il n'évoque jamais la nature exacte de son ambition, Virginie devine qu'il brigue la direction littéraire de la maison qui l'emploie. Elle n'a quant à elle ni vocation ni métier bien défini : elle se contente d'assurer des intérims ici et là quand une opportunité se présente. Il s'en présente en vérité assez peu, aussi passe-t-elle la majeure partie de son temps à se morfondre dans leur deux-pièces du 14e arrondissement. Elle confectionne des tartes aux fraises, aux abricots ou, quand la saison des fruits est passée, des gâteaux au chocolat. Elle sait que son mari dédaignera ces douceurs – il fait partie de cette engeance qui préfère le salé au sucré – et qu'elles transiteront dans son estomac avant d'aller alourdir ses hanches à elle, son ventre à elle. Mais le pli est pris, ses activités pâtissières l'aident à tuer le temps. Elle écoute aussi la radio, lit des journaux, des magazines dans l'espoir d'y glaner des nouvelles susceptibles d'alimenter la conversation au retour de l'époux. C'est toujours peine perdue car Eric est trop absorbé par sa vie professionnelle pour lui prêter attention plus de cinq minutes d'affilée. Ils échangent peu. Virginie le regrette parfois : ce n'est pas ainsi qu'elle imaginait la vie à deux.

Le soir, Eric ramène à la maison des dossiers, des manuscrits et s'y met sitôt qu'ils ont expédié le dîner. A peine la table est-elle desservie qu'il y étale ses papiers et elle, de nouveau vacante, va appuyer son front à la fenêtre. Quand elle se lasse du spectacle de la rue ou que celui-ci se raréfie en raison de l'heure tardive, elle vient s'asseoir dans le fauteuil de skaï – cadeau de mariage de l'oncle Vincent, une horreur – et s'occupe à ronger les petites peaux autour de ses ongles puisque les ongles eux-mêmes sont rongés depuis belle lurette. A deux mètres, dans le rond de la lampe, la tête auréolée de lumière d'Eric ne se relève jamais. Les dents de Virginie continuent à grignoter des copeaux de peau morte. A ce train-là, elle n'aura plus de doigts le jour où ils fêteront leur second anniversaire de mariage.

Elle est là, silencieuse, songeuse. Personne ne pourrait soupçonner que Camille a entrepris de faire à grand bruit le ménage dans sa tête. Tu as encore fait chou blanc avec ta lecture des journaux et tes séances de pâtisserie, ton monsieur s'en moque. Ce rôle de popote que tu joues jour après jour ne me convient pas, mais pas du tout, tu commences à m'horripiler sérieusement, ma fille. Si tu ne changes pas ton fusil d'épaule, je t'avertis, je te tire ma révérence.

Mise au pied du mur et houspillée de la sorte, Virginie décide un soir de changer de tactique : elle décolle son postérieur du fauteuil de skaï, s'empare d'une chaise, l'approche de la table et s'installe face à son mari.

— Si tu me passais quelques-uns de tes feuillets, je pourrais peut-être t'aider ? suggère-t-elle.

Cette fois, Eric dresse sa tête nimbée de lumière et la considère, mi-choqué, mi-incrédule.

— Sérieusement ? Tu veux travailler, Douce ? Tu t'ennuies à ce point avec moi ?

Elle choisit d'ignorer la dernière question et répond seulement aux deux premières.

— Oui, je voudrais travailler. Sérieusement.

Avec un soupir et comme s'il cédait à un caprice, Eric se résigne à prélever un petit nombre de feuillets sur la pile placée devant lui et les glisse vers Virginie. Elle sait qu'il s'agit des Mémoires d'une ancienne maîtresse de Ceauşescu qui croit avoir beaucoup à dire sur ses relations avec le défunt tyran. Le travail consiste à toiletter la prose de la dame, à la redresser quand elle flanche, à la brider quand elle s'emballe, bref il faut tout réécrire pour rendre la chose publiable. Eric s'emploie à cette tâche depuis des semaines. Pour gagner du temps, il travaille à la main, le soir, à la maison, et, dès qu'il arrive au bureau le lendemain, retranscrit les pages corrigées sur son traitement de texte.

La tête de Virginie a rejoint celle de son mari dans le rond de lumière : elle lit le texte dactylographié avec beaucoup d'attention. Au bout de sa lecture, elle prend un stylo et le stylo se met à courir dans les interlignes. Il lui paraît facile de corriger, d'apporter des améliorations, de redresser cet échafaudage branlant de phrases et de paragraphes. Quand le stylo a achevé sa course véloce sur le premier feuillet, elle sent le regard d'Eric posé sur elle.

— Tu écris vite, observe-t-il.

— Trop vite ?

— Comment savoir ? Je te lirai quand tu auras fini, je te dirai.

Par chance, le travail que Virginie a livré ce soir-là a remporté l'adhésion de son époux. Dès lors, soir après soir, ils se sont attelés ensemble à la remise en forme de la romance roumaine. Ils ne s'autorisent aucun commentaire sur le fond mais se consultent parfois à propos d'une tournure, de la pertinence de telle ou telle expression, de la nécessité de couper ici ou là.

La période pâtissière de Virginie est désormais révolue. Depuis que, trop content de cette collaboration inespérée et si fructueuse, Eric lui confie des fragments du manuscrit auxquels elle travaille dans la journée, elle ne s'ennuie plus. De loin en loin, Camille regimbe un peu à l'exercice et demande si elle a vraiment l'intention de se consacrer à la carrière de *ghost writer*. Virginie répond qu'elle considère seulement cette activité comme un passe-temps qui l'amuse.

*

Christophe Douhet est un être limpide, sans malice aucune, qui aborde la vie de biais et réagit à ses tonitruances par des attitudes quelque peu timorées. Il tient de son père, affirme Claire Douhet, et lorsqu'elle prononce ces mots, il faut les entendre comme un compliment. Elle ne dit jamais de qui "tient" Virginie. Peut-être ne le sait-elle pas.

Malgré les années, Christophe s'effraie sitôt qu'il lui faut franchir les périmètres familiers de la maison, du quartier où il a grandi. Il rêvait de devenir chirurgien mais les études de médecine l'auraient contraint à quitter sa ville, à affronter l'inconnu toujours pour lui chargé de menaces. Il a préféré renoncer à ses ambitions, les canaliser vers une activité certes moins prestigieuse mais qui lui convient : il est aujourd'hui prothésiste dentaire.

Sandrine prétend qu'il est passé à côté d'une belle carrière parce qu'il est un "fils à sa maman" et ne peut rester longtemps éloigné des jupes maternelles. Quand il lui a demandé de l'épouser, elle n'a pas hésité à exprimer très clairement sa position : elle acceptait de devenir sa femme mais refusait de se marier avec la famille Douhet. Elle préconisait même de mettre entre eux une certaine distance, et il a fallu déménager, aller s'installer dans la ville voisine, à une cinquantaine de kilomètres du père et de la mère.

Il n'est pas mécontent de son sort, Christophe Douhet, c'est un homme qui sait se contenter de peu. Il a hérité de son père une certaine habileté des mains et travaille seul dans son petit cabinet. A partir des moulages qui lui sont livrés, il façonne des dents, dents de résine ou de porcelaine – plus rarement car le matériau est plus coûteux – mais des dents, des dents à longueur de journée, un cauchemar de dents. Pourtant, lorsque ses amis – il en a peu – l'interrogent sur son métier, suggérant parfois que ce n'est pas là une sinécure, il proteste et affirme qu'il trouve son compte dans la répétition des gestes, dans cette monotonie, oui. Il lime, il ponce sans autre compagnie que la musique de son petit transistor, un simple fond sonore qui l'aide à ne pas penser. Car penser peut s'avérer dangereux, l'amener à des constats désagréables, le pousser dans des impasses dont il ne sait plus comment sortir. Il a mis au point une stratégie d'évitement très efficace qui lui permet de museler le travail de son esprit alors même que ses mains s'activent. Une fois révoqués le père et la mère, Sandrine et Virginie, il lui arrive même de fredonner sur le petit air qui s'échappe de son transistor.

*

— Ton père fait sa sieste. Tu me vois le déranger pour lui annoncer que sa fille quitte la maison ?

Certes non, Virginie ne voit pas Claire Douhet disposée à accéder à son désir. Ce qu'elle voit en revanche, tandis qu'elle se tient dans l'entrée, sa valise et son sac de voyage posés près d'elle, c'est la mère, une épaule appuyée au chambranle de la porte de la cuisine, un torchon dans une main et dans l'autre une assiette. Le torchon va sur l'assiette en un mouvement tournant, irritant, se retire, revient.

Virginie réitère pourtant sa demande : elle voudrait faire ses adieux à son père. La mère élève l'assiette à la verticale comme une cymbale – va-t-elle la lui jeter à la tête ? – et gronde :

— Eh bien ! va-t'en puisque tu es prête à partir. A quoi bon rester plantée là ? Ou tu t'en vas ou tu attends le réveil de ton père, décide-toi !

Mais Virginie ne peut différer son départ, son train part à seize heures cinquante-sept, le taxi qu'elle a commandé pour la conduire à la gare ne va pas tarder.

— Je vois que tu as pensé à tout et que tu n'as pas perdu de temps, observe la mère avec aigreur. Partir comme ça, sans nous avertir, le jour même de ton anniversaire…

— Il le fallait, maman.

On entend, dehors, le moteur d'une voiture qui ralentit, s'arrête.

— Ton taxi est là ! jette la mère.

*

Peu avant son anniversaire, Virginie m'a annoncé de but en blanc qu'elle ne voulait ni cadeau, ni fête, ni gâteau. Ainsi formulé, ce vœu rendait le même son lugubre que le "sans fleurs ni couronnes" de ces familles qui enterrent leurs morts à la sauvette. Ce que cachent cette hâte, ce refus de tout cérémonial, on se le demande, peut-être seulement le respect d'une ultime volonté exprimée par le défunt. Face à Virginie, j'ai agi de même, et malgré ce qu'il m'en coûtait, j'ai respecté. Il s'agissait pourtant d'un anniversaire exceptionnel, son vingt et unième, cela vaut tout de même d'être célébré, ne trouvez-Vous pas, mon Dieu ? Bref, j'étais quelque peu ulcérée par cette nouvelle lubie mais loin de moi l'idée d'aller à l'encontre de son désir, Vous me connaissez, Seigneur, elle m'interdisait de marquer le coup, je me suis inclinée. Elle allait atteindre la majorité, elle entendait jouir de ses droits d'adulte et, à sa manière violente, elle nous le signifiait, voilà tout. Hélas, le pire était encore à venir : elle nous réservait le dernier chien de sa chienne. Deux jours plus tard, elle était majeure depuis quelques heures à peine, nous venions de finir de déjeuner, j'étais encore à ma vaisselle, Charles s'était retiré pour prendre un peu de repos, quand je la vois sortir de sa chambre, équipée de pied en cap, prête pour le grand départ. Et arrogante avec ça, exigeante, mademoiselle voulait faire ses adieux à son père et j'aurais dû, pour lui complaire, réveiller mon pauvre Charles. Vous pensez bien qu'il n'en était pas question. Elle a insisté tant et plus, elle semblait beaucoup y tenir mais cette fois je n'ai pas cédé : je ne me voyais pas tirer Charles de son sommeil pour lui asséner ce coup de la traîtresse. Jusqu'au dernier instant j'ai douté, j'ai espéré qu'elle ferait machine arrière, qu'elle ne pourrait nous infliger cet affront, ce chagrin. Mais tout était organisé, préparé à l'avance, elle avait même commandé le taxi qui devait l'emmener à la gare. Et elle a franchi notre seuil, chargée de ses bagages, sans un regard en arrière. Quand le taxi qui l'emportait a démarré, j'étais là, au milieu de ma cuisine, stupide, hébétée, tout s'était passé si vite, les larmes ont commencé à couler, je les essuyais à mesure avec mon torchon à vaisselle, Dieu du ciel, dites-moi ce que j'ai fait pour mériter cela !

*

Après la scandaleuse confession roumaine, Virginie et son époux ont encore ravaudé en duo l'autobiographie d'un athlète dont les performances sur les stades soulèvent l'enthousiasme des foules. Cette seconde collaboration s'étant révélée aussi satisfaisante que la précédente, Eric s'apprête à proposer à Virginie d'œuvrer en cavalier seul.

Ils sont dans le rond de lumière ainsi que chaque soir, ils apportent les dernières corrections au manuscrit musclé du champion quand Eric dit soudain :

— Douce, serais-tu prête à rencontrer et à écouter une certaine comtesse désireuse de redorer son blason par le biais de la “littérature” ?

— Une comtesse ? répète stupidement Virginie.

Elle n’ignore pourtant pas que le secteur éditorial auquel est attaché Eric excelle dans l’imposture érigée en système. On lance sur le marché des livres dont les couvertures exhibent des noms célèbres qui ne sont pas ceux des véritables auteurs, pauvres scribouillards qui demeurent dans l’ombre. Mais cela suffit à tromper le bon peuple des lecteurs et justifie des tirages considérables.

— Oui, une comtesse. Cette noble dame souhaite exposer ses problèmes existentiels et mettre à plat ses souvenirs sur trois cents pages. Bien sûr, il faudra lui prêter la main car elle est incapable de rédiger une phrase correcte. Bien sûr, ton nom ne figurera pas sur la couverture de l’ouvrage. Il ne sera mentionné qu’au titre de collaboratrice. Voir Virginie Douhet imprimé dans un livre, qu’en dis-tu ?

— Je dis qu’il n’en est pas question. J’ai un nom propre, jamais je n’accepterai de le salir dans une entreprise de ce genre.

— Alors, trouve-toi un pseudonyme qui ne craigne pas les salissures.

— Ce sera Camille Vaillant, dit-elle sans une hésitation.

Et cachée derrière le nom de Camille Vaillant qu'elle va revêtir comme une défroque commode et protectrice, elle rencontrera la comtesse, elle l'écoutera puis écrira ce qu'il est convenu d'appeler un best-seller.

Très vite, le succès viendra couronner ses talents de nègre et bientôt l'époux, instigateur de cette mystification éditoriale, lui dira :

— Tu n'as plus besoin de moi, Douce.

Pour Virginie qui reçoit ces mots dans leurs plus intimes résonances, le sous-entendu est clair : ils lui signifient qu'Eric n'a jamais eu besoin d'elle et que l'on peut se quitter bons amis. Cette phrase vient de sonner le glas de leur complicité de scribes et de leur histoire.

*

Dieu du ciel, c'est à n'y pas croire, notre Christophe vient de s'enticher d'une fille qui est la copie conforme de sa sœur. Même taille, même morphologie, mêmes yeux pâles, la ressemblance est frappante et, comme de bien entendu, Charles n'y a vu que du feu. Moi, Seigneur, pour Vous parler franc, cela m'inquiète au plus haut point car je soupçonne là quelque déviance qui relève de l'inceste platonique. Bien sûr, Christophe adore sa sœur, il lui a toujours voué une sorte de vénération – imméritée et fort mal payée de retour si je peux me permettre – mais je trouve malsain qu'il nous amène un quasi-sosie de Virginie et nous annonce qu'il envisage d'en faire son épouse. D'ailleurs, il m'a semblé que la fiancée en question, cette petite Sandrine, n'était pas moins troublée que moi lorsque la boiteuse tant aimée a fait son apparition. Quant à celle-ci, a-t-elle noté ces similitudes si flagrantes que je Vous ai dites ? En tout cas, elle n'en a rien laissé paraître. A ma stupéfaction, elle qui d'ordinaire se comporte comme un oursin lors des réunions familiales s'est montrée accueillante et enjouée avec sa future belle-sœur : sourires, amabilités et tout le tralala, jamais je ne l'avais vue se mettre ainsi en frais pour un de nos invités. Mais je la connais et Vous aussi, Seigneur, Vous savez quelle guerre elle me mène depuis toujours. Cette enfant ne manque jamais une occasion de prendre les armes contre moi et d'ouvrir le feu, c'est plus fort qu'elle. Lorsqu'elle est entrée dans le salon où nous nous tenions avec Christophe et Sandrine, elle a aussitôt perçu ma réticence à l'endroit de cette fille et comme de juste elle a pris la position inverse, faisant monter les enchères de la sympathie et de la complicité jusqu'à proposer à l'amie de son frère de la suivre dans sa chambre. Elles y sont bien restées une demi-heure, occupées à je ne sais quoi, il a fallu les appeler au moment de passer à table. Mes hommes qui ne voient pas plus loin que le bout de leur nez étaient enchantés de cette "entente spontanée" (les mots de Christophe) ou de ce "coup de foudre amical" (les mots de Charles). Tant d'aveuglement de la part de ces deux-là me laisse pantoise. Moi qui ai appris à percer à jour les manigances de Virginie, je sais que cet engouement et toutes ces démonstrations n'étaient que feintes de stratège : la présence de cette fille fournissait à Virginie prétexte à me défier et elle ne s'en est pas privée. Car elle se moque bien de sa future belle-sœur, cela ne fait aucun doute, et l'avenir ne manquera pas de me donner raison, j'en mets ma tête à couper.

*

Virginie estime qu'à deux ou trois ans près, la comtesse et Claire Douhet ont le même âge. Constat subsidiaire : elle prend plus de plaisir à la fréquentation de la comtesse qu'à celle de sa mère.

Elle lui consacre deux après-midi par semaine et la retrouve à son domicile, un hôtel particulier de la rue de Varenne. Son hôtesse la reçoit en jean et baskets car, affirme-t-elle, porter un tailleur Chanel vous flanque d'un seul coup dix ans de plus. De trop. Dans le langage de la comtesse, il y a grain et balle : à l'interlocuteur de faire le tri. Si elle use et abuse de termes triviaux, ramassés dans la rue, c'est qu'elle leur attribue un fort coefficient de modernisme et d'actualité. "Flanquer", au même titre que le jean et les baskets, appartient à son attirail de femme dans le vent, de femme qui a décidé de faire la nique au temps. A l'en croire – et peut-être n'a-t-elle pas tout à fait tort –, il y a un vocabulaire qui vous date, dont il faut par conséquent bannir l'usage, et un autre, l'argot des jeunes, des expressions nouvelles piquées dans les journaux ou à la télévision, qui vous propulsent dans une identité temporelle plus flatteuse. Car Mme de … s'agrippe à la jeunesse comme le naufragé à une bouée de survie. Elle veut continuer à séduire, elle a besoin de sexe, a-t-elle déclaré à Virginie, d'entrée de jeu et sans ambages. Tel est le problème existentiel qu'évoquait Eric et autour duquel tourne la conversation au long des heures qu'elles passent ensemble. Virginie se demande comment diable elle va pouvoir tirer trois cents pages d'un sujet aussi ténu. Cependant, d'une certaine façon, la comtesse l'émeut car sa confession tend à l'universel : n'est-ce pas le drame de toute femme vieillissante dont elle lui fait l'aveu ?

Elles sont dans le petit salon bleu et or attenant à la chambre de Mme de … qui est assise en tailleur sur le tapis, le dos appuyé au galbe d'une commode Louis XV. Les attitudes et postures comptent autant que la façon de se vêtir, la comtesse y veille : installée sur une bergère elle aurait l'air de ce qu'elle est, une dame dont le flirt avec la soixantaine est déjà ancien. Elle préfère donc se vautrer par terre et adopter des allures décontractées.

Pour la énième fois, elle s'efforce de représenter à Virginie le malheur qu'il y a à être une voluptueuse, une amoureuse-née quand l'âge vous pousse sur le versant où il faut renoncer aux joies du sexe.

— Certains raffolent des artichauts, des crevettes roses ou des beignets aux pommes, les petits veinards. Ils peuvent satisfaire leurs envies à toute époque de l'année et quel que soit leur âge. Moi, je ne trouve le plaisir et la satiété que dans la baise. J'aimerais bien que mon goût naturel me porte à aimer les artichauts ou les crevettes roses mais mon organisme ne veut rien savoir, c'est un manque de bol mais on ne se refait pas. Il me faut jouir et encore jouir. Ce doit être un truc physiologique. Qu'en pensez-vous ?

Comme la science de Virginie en matière de sexualité aristocratique est très limitée, elle réserve son avis ou, en tout cas, s'abstient de le donner.

— Et pour vous, ma belle, ça marche de ce côté-là ?

Par chance, l'intérêt de la comtesse pour son interlocutrice est des plus fugaces. Il suffit de garder le silence le temps de quelques battements de cils et la bergère – pardon, la comtesse – retourne à ses propres moutons.

— Pour tout dire, l'âge n'est pas le seul obstacle en ce qui me concerne. Il y a une autre difficulté et de taille, celle-là : je suis obligée de tenir mon rang, j'ai un mari, une position, difficile de s'envoyer en l'air dans ces conditions. Comment trouver un partenaire quand on mène comme moi une vie faite de contraintes et de mondanités ennuyeuses ?

Virginie reste coite. La réponse, encore une fois, ne lui appartient pas. Au reste, la noble dame ne s'en soucie guère et enchaîne déjà :

— Je connais une foule de gens, je sors et reçois beaucoup, mais aller racoler un mâle dans mon milieu est impensable. Voilà pourquoi je suis une femme frustrée. Vous me citiez hier un auteur célèbre qui a écrit quelque part que l'écrivain se console des offenses de la vie par le biais de la littérature, cette idée me plaît et d'ailleurs je n'ai pas le choix. Je me consolerai donc avec les aventures de notre héroïne. J'aimerais que notre intrigue soit centrée autour d'une belle femme – vous lui donnerez la cinquantaine, cela suffira – qui cherche à ramener dans son lit de la chair à jouir. Et faites en sorte qu'elle y arrive mieux que moi puisque je dois me résigner à vivre par personnage interposé. Mais je veux que vous nous donniez des hommes beaux à se pâmer, des amants ardents. Vous m'en mettrez au moins quatre, si ça ne vous ennuie pas…

Lorsque, munie de ces consignes, Virginie prend congé de la comtesse cet après-midi-là, elle se sent dans la peau d'une bouchère sommée de servir une mère de famille qui vient de désigner le plat d'entrecôtes exposées sur son étal. "Vous m'en mettrez quatre", a-t-elle dit. Le client est roi, il faut s'exécuter.

*

Virginie sait qu'on ne peut pas toujours se taire, toujours parler dans l'obscurité sans écho de sa propre tête. Il arrive un moment où les mots demandent à être semés dans une terre fertile et clémente où ils pourront germer et prospérer. Quand ce besoin devient par trop pressant, il lui arrive de reprendre le chemin ancien et très secret qui la conduit à son oncle Louis.

Le lien tissé jadis entre la nièce et l'oncle n'a pas forci mais il ne s'est pas distendu non plus. C'est ce qui plaît à Virginie, cette permanence, cet équilibre tenu comme une promesse entre la petite fille et l'homme, et qui subsiste, pérenne, inaltéré, entre la femme et le vieil homme. C'est cela qui éveille son désir de revenir et l'amène jusqu'à la maison de son oncle avec ses désarrois, ses projets, ses fringales, ses soifs et ses tendresses.

Il est bon de retrouver Louis car il sait donner l'illusion que sa vie n'est qu'attente d'elle et joie de la revoir. Il sait ouvrir ses bras en même temps que sa porte et dire : Entre, ma jolie. Et elle croit alors ce qu'aucun homme n'a réussi à lui faire croire : qu'elle est jolie.

Louis n'est toujours pas marié et elle vient de quitter Eric, ou serait-il plus juste de dire qu'Eric vient de la répudier ? Qu'importe ! Il est un vieux célibataire et elle est une jeune divorcée.

L'oncle Louis ne travaille pas, elle ne lui a jamais connu d'activité précise. Est-il riche ? Elle l'ignore. Mais il vit en oisif, de cela elle est certaine. Les autres ont un métier, des compétences qu'ils monnayent. Celles de Louis sont à géométrie variable et gratuites ; elles s'adaptent à la demande, que celle-ci soit formulée ou non. Dans le temps de son enfance, il la nourrissait de ces mots dont elle avait si grande faim et semblait ne jamais devoir se rassasier. Aujourd'hui, pour peu qu'il en devine la nécessité, il joue pour elle le rôle de montreur de vie. Ils avancent, côte à côte, sur leur chemin et, sans pérorer, sans plastronner, sans insister jamais, il lui suggère des directions, il lui indique des pistes, il lui ouvre des horizons.

Ils sont assis dans le jardin d'hiver où fleurissent les azalées, les orchidées, où l'oranger pensif prépare le doux, le lent mûrissement de ses fruits. Depuis son arrivée, l'oncle Louis n'a pas perdu son temps, ses yeux ont voyagé sur ces territoires de peau découverte qu'offre cette Virginie de fin d'été, et il n'a pas manqué de remarquer la marque pâle que l'anneau de mariage, ôté depuis peu, a laissée à la base de son annulaire gauche. Il sait que l'absence de l'alliance la gêne, que cette gêne est manque et que ce manque est douleur. Mais il dit seulement :

— L'été prochain, tes mains seront à nouveau d'un beau hâle uniforme.

Elle sourit, juge utile d'ajouter un additif à ce sourire :

— Je ne regrette ni de m'être mariée ni d'avoir divorcé.

A cela, il opine en plissant les yeux :

— Tu as parfaitement raison. Une de mes amies qui tient un institut de beauté me disait justement hier que les regrets abîment le teint. Par contre, elle conseille à ses clientes de piquer une bonne colère de temps à autre. Elle affirme qu'il n'y a rien de tel pour remettre une femme en beauté.

Elle rit. Et parce qu'elle ne veut pas se laisser distancer sur le chemin fantasque où il l'entraîne, elle dit :

— Ce doit être vrai. Tout à l'heure, en traversant ton jardin, j'ai vu une rose très courroucée. Elle était très belle.

— C'est souvent le cas avec les dernières roses de la saison. Sur le point de passer, elles s'insurgent et leur révolte est magnifique.

Ensemble, ils laissent s'estomper cette vision d'une rose dont la colère exaltерait la beauté. Comme la nièce, l'oncle aime ces à-côtés ludiques, ces coq-à-l'âne qui agrémentent leur conversation. Ils peuvent tout se permettre et même s'offrir le luxe de rivaliser dans la fantaisie. Il dit d'une voix docte :

— Hier un chat noir est entré par le fenestron de la cuisine et m'a demandé du lait. Quand je lui ai avoué que tout ce que j'avais comme lait était demi-écrémé, il est ressorti par la porte, la queue et la tête hautes, offensé et plein de mépris à mon égard.

— Moi, ce n'est pas le lait demi-écrémé mais le café que je ne peux plus supporter. Il me donne la nausée.

— C'est parce que tu es un chat blanc. Ton dégoût du café signale ton niveau de réincarnation.

Louis aime toujours jouer avec les mots, il s'en amuse comme un jongleur, il les chatouille jusqu'à les faire rire.

Elle sourit encore, se prend à caresser une orange qui pend à portée de sa main. Ils contemplent le petit arbre courageux dont les branches ploient sous la charge.

— Pour Noël, annonce-t-elle, je viendrai le décorer avec des guirlandes d'or et d'argent.

— Il en sera très flatté et te donnera son plus beau fruit pour te remercier.

C'est ainsi qu'ils devisent, l'oncle et la nièce, dans une complicité chaude, hors des sentiers battus. Quiconque les croiserait au cours de cette balade n'entendrait rien aux loufoqueries qui font la matière de leurs échanges. Mais ils sont tranquilles : personne ne peut les entendre car personne ne fréquente ce chemin qu'ils ont tracé de longue date et sur lequel ils sont seuls à musarder.

*

Elles sont pareilles, Sandrine et Virginie : pas de poitrine, des fesses plates, des yeux pâles, des cheveux d'un blond très clair et sans volume. Christophe Douhet s'étonne toujours de les découvrir si semblables lorsqu'elles se trouvent côte à côte. De ces symétries physiques, il n'a eu qu'une révélation tardive et comme il répugne à s'interroger plus avant, Christophe s'appuie sur une loi commune – l'a-t-il inventée ? – pour résoudre la question : on a souvent un modèle de référence qui guide nos choix, se dit-il, on aime toujours le même type de femme. Cela le rassure, cela lui suffit.

Lorsque Christophe se remémore ces moments passés chez les parents le jour où il leur a présenté sa fiancée, il se rappelle combien il se sentait tremblant, l'estomac noué, la bouche sèche. Comme avant un examen. Et il s'agissait bien d'un examen, un rite de passage dont dépendaient son avenir et sa paix tout entière. Sa mère n'a pas aimé Sandrine, il l'a su dès le premier instant : il y a des antipathies immédiates, irréductibles, comme celle-ci, on n'y peut rien. Par chance, son père semblait en revanche très séduit par la jeune fille. Quant à Virginie, elle l'a adoptée sur-le-champ si bien que, l'un dans l'autre – démocratie oblige –, on a passé l'examen haut la main.

*

Je ne suis pas de ces mères qui agitent la vocation de leur progéniture pour se faire valoir et s'attirer les éloges, Vous me connaissez, Seigneur. De celle qui habitait Virginie, les premières manifestations ne m'ont pas échappé même si je n'en ai jamais pipé mot à quiconque. Néanmoins, j'ai toujours su que sa fascination pour les livres – cette passion exclusive qui la tenait déjà dans l'enfance – la conduirait tôt ou tard à l'écriture. Certes, je ne l'ai jamais encouragée dans cette voie car je savais combien elle peut être semée d'embûches, mais je ne l'ai jamais découragée non plus. Son premier mari travaillait dans l'édition, il lui confiait de petits travaux et, les circonstances aidant, de fil en aiguille, elle a fait son chemin.

Aujourd'hui, elle se retrouve en tête des meilleures ventes même si elle se cache sous un nom d'emprunt, Camille Vaillant, comme de bien entendu. Je regrette un peu que Virginie ait pris le parti de dissimuler sa véritable identité mais, à l'évidence, elle ne souhaite pas s'en expliquer. Elle nous a apporté hier ce livre qui traite des tribulations sentimentales d'une comtesse et dont tout le monde parle ces temps-ci. Elle l'a sorti de son sac et jeté sur la table comme s'il s'agissait d'un chat crevé. Voilà ma dernière prose, a-t-elle annoncé, j'espère qu'elle vous distraira. Désinvolture dans le geste et dérision dans l'intonation étaient censées nous signifier en quelle piètre estime elle tient cette "prose" de commande. Si elle méprise à ce point cette littérature de divertissement, pourquoi n'écrit-elle pas pour elle et sous son propre nom, Dieu du ciel, c'est à n'y rien comprendre. Son père a tout de même voulu savoir si elle travaillait à un autre projet, mais elle a mis son index droit devant sa bouche et murmuré : Secrets et manigances des officines éditoriales. Et sur cette pirouette verbale, elle nous a quittés. En somme, puisqu'elle avait si peu à nous dire, elle aurait pu aussi bien nous faire expédier cet ouvrage par la poste, n'est-ce pas Votre avis, Seigneur ?

*

Eric maintient qu'il lui a mis le pied à l'étrier : un beau cadeau de rupture, une indemnité compensatoire plus qu'appréciable.

Elle ne conteste ni l'utilité ni l'efficacité de ce coup de pouce mais considère qu'une partie – la plus grande partie – du mérite lui revient. Sa facilité à se glisser dans l'écriture mercenaire et à y réussir, elle ne la doit qu'à elle-même. L'art d'écrire ne s'enseigne pas du haut d'une chaire d'amphithéâtre. L'apprenti romancier qui prétend l'acquérir ne l'obtient que de haute lutte par la fréquentation assidue des chefs-d'œuvre, voire celle des œuvres mineures, qui seule pourra contribuer à son édification. Il faut accompagner le livre dans tous ses méandres, il faut accepter de s'immerger jusqu'à l'asphyxie dans la cadence, le phrasé, la période d'un autre pour reprendre souffle sur une de ses plages et alors, peut-être, comprendre comment naît le flux, ce qu'il porte, où il va.

La lecture a été la seule école où Virginie Douhet se soit sentie à son aise et dont elle ait beaucoup appris. Elle a lu des milliers de romans et abordé chacun d'eux avec la curiosité passionnée du gourmet comme s'il était un plat cuisiné par un grand chef. Bien sûr, jamais, au grand jamais, celui-ci n'a livré sa recette. Du reste, elle ne cherchait pas une recette mais les fragments d'une révélation, les éclats d'un éblouissement mental ou sensuel. Bien que non passive, surtout pas passive, elle s'est longtemps, doucement laissé irradier par ses lectures.

*

A peine sortis de table, Louis, Vincent et Charles Douhet ont engagé une partie de boules sur l'esplanade, non loin de la maison.

Les deux femmes – car Louis n'a toujours pas rompu son solide célibat – ont desservi, rangé la vaisselle dans la machine, et les voici revenues au salon, un peu empruntées de se retrouver face à face, ne sachant trop comment entamer le dialogue. Florence, l'épouse de Vincent, n'est guère loquace et se cantonne dans une réserve courtoise chaque fois qu'elle se trouve mêlée aux Douhet. Dans la cohue familiale, cette attitude ne tire pas à conséquence, elle peut jouer son rôle de figuration et les autres l'ignorer, tout le monde y trouve son compte. Mais là, en tête à tête, c'est une autre paire de manches : impossible de faire abstraction de la présence de Florence sans se montrer offensante, songe Claire Douhet. Que dire à cette momie pour lui arracher ses bandelettes, lui rendre parole et mouvement ? On ne va tout de même pas rester là, à se regarder en chiens de faïence jusqu'à ce que les trois frères en aient fini avec leur partie, cela risque de durer. Florence ne fait aucun effort, elle laisse son regard errer sur les meubles, les bibelots, et quand il rencontre celui de sa belle-sœur, elle lui décoche un sourire niais, passablement étriqué. Bon, il faut se décider, Claire Douhet vient de trouver une amorce, elle se lance :

— Vous savez que notre Virginie vient de divorcer. Cet Eric n'était pas l'homme qu'il lui fallait.

— Ah ?

— C'est comme je vous le dis : un garçon trop occupé par ses propres affaires, encore à se chercher lui-même, j'ai toujours su que ce mariage ne tiendrait pas.

— Vraiment ?

Elle ne l'aide pas, cette idiote, mais c'est égal, dès lors qu'il s'agit de sa fille, Claire Douhet n'a aucun besoin d'être stimulée.

— Virginie a besoin d'un homme qui la protège, qui l'entoure, qui soit aux petits soins avec elle.

— Comme nous toutes, ose observer Florence.

Il y a du progrès, la momie se réveille.

— Sans doute, comme nous toutes, admet charitablement la mère, il faut bien récompenser cette gourde pour sa petite participation. Mais Virginie est un cas. Je la connais mieux que personne, savez-vous, et je vois très bien le genre d'homme qui lui conviendrait. Je le vois littéralement : un garçon brun, aux yeux clairs, grand et bien découplé, qui en impose par son physique autant que par sa rectitude morale.

Elle vient de livrer une description qui évoque le père de façon troublante. Si Florence en a conscience, elle n'en laisse rien paraître et se borne à hocher la tête en guise d'approbation.

En son for intérieur, Claire Douhet se félicite : hormis le fait que la glace est rompue, elle a trouvé avec Virginie de quoi meubler le silence et elle vient de dresser le portrait-robot du gendre idéal.

*

Une balle expédiée d'un revers vigoureux, qui décrit une belle parabole au-dessus du filet, que l'adversaire s'apprête à recevoir à l'autre extrémité du court.

Virginie : une balle envoyée par Eric, réceptionnée par Alexandre. Une balle ne décide pas : un bras, prolongé d'une main, prolongée d'une raquette, la frappe avec force et ordonne sa trajectoire. Mais Virginie ignore cela, elle ne connaît rien aux lois de la dynamique, à la règle de ce jeu, à l'adresse qu'il suppose. Elle croit qu'elle contrôle sa course aérienne, et tandis qu'elle tournoie sur elle-même, qu'elle se ramasse en elle-même, désunie de l'un et pas encore unie à l'autre, il lui semble gagner en densité et en force, sinon en assurance. Elle est partie de Charybde et se dirige vers Scylla mais elle ne le sait pas encore : la balle en plein élan ne pense pas. Elle arrivera sur Alexandre tel un projectile, telle la pomme de Newton. Et ce sera le coup de foudre auquel va faire écho, cela s'avérera plus tard, un coup de Jarnac.

Virginie vient d'être précipitée dans la fiction et le désordre d'un nouvel amour. Son premier partenaire l'a mise en selle et catapultée vers le succès, l'autre n'a eu qu'à intercepter cette cavale triomphante.

Alexandre, le second joueur, le second mari, tient une caméra quand il la voit fondre sur lui, précédée d'une réputation d'écrivain de l'ombre très courtisé. Son sens de la "cohérence" et de l'opportunisme s'en trouve aussitôt émoustillé. Il est un bon opérateur et cette fille a des idées : pourquoi ne pas les mettre en images et travailler ensemble ? Il n'a aucun mal à la séduire, à croquer la pomme : elle est mûre. Avec son talent, son imagination, elle n'envisage tout de même pas de continuer à écrire pour que la gloire rejaillisse sur d'autres, n'est-ce pas ?

*

N'est-ce pas... ? Vous n'allez pas... Il faut que...

Alexandre présente cette singularité de ne jamais finir ses phrases : ses mots éclatent comme des bulles avant de former sens. Il faudra s'y habituer, songe Virginie. Peut-être cet homme ne va-t-il pas au bout de ses pensées. Sans doute ne se hasarde-t-il pas dans le dédale de ses sentiments si tant est qu'il éprouve des sentiments. Mais cela, elle est trop éprise pour le penser encore.

Face à Alexandre et comme par contraste, le discours de Virginie amoureuse déborde, devant lui elle défaille, elle déraille, elle délire. Elle dit tout, elle dit trop. Elle raconte dans quelle estime la tient la comtesse depuis qu'ensemble elles ont pulvérisé les records de vente en librairie, comment la dame qui n'est pas une ingrate l'encense et la désigne à l'admiration de ses pairs. Elle rit trop, Virginie, elle se moque d'elle-même quand elle avoue que, pour avoir commis ce livre, elle se retrouve adulée par le beau monde, qu'elle en est devenue la coqueluche. On la cajole dans les salons, toute cette noblesse de France et de Navarre la convie en ses châteaux, manoirs et gentilhommières. A force d'être ainsi sollicitée, l'idée lui est venue d'écrire un recueil de portraits de ces gens : ce serait le moyen de les satisfaire et de s'en débarrasser du même coup, non ?

Non, dit Alexandre. C'est un recueil d'images qu'il faut… que nous devons faire. Tout nous sera facilité… Puisque… Vos entrées dans ce monde, vos contacts…

Et ainsi naît le concept de ce qui deviendra *Les Aristocrates à la lucarne*.

*

Il est presque seize heures lorsque la voiture stoppe devant le pavillon des Douhet. Bien que le ciel soit d'un gris uniforme et quelque peu menaçant, les volets de la façade sont rabattus comme par un jour de grand soleil.

— Je t'avertis, tu vas pénétrer dans un tombeau, dit Virginie alors même qu'elle franchit le portillon, suivie d'Alexandre.

La veille, par téléphone, elle a prévenu le père et la mère de sa visite. Et qu'elle venait leur présenter son futur mari. Elle s'interroge sur le bien-fondé de cette démarche et, déjà, n'est pas loin de la regretter.

A l'entrée, elle sonne, un seul coup bref. Ils perçoivent à travers la porte une rumeur confuse mais facile à identifier, celle du téléviseur qui fonctionne ici à longueur de journée.

— Ils sont un peu sourds, souffle-t-elle pour expliquer le volume excessif du son.

Et elle appuie à nouveau sur le timbre électrique.

C'est le père qui ouvre enfin. Virginie voit le sourire d'accueil et, simultanément, Camille découvre les charentaises aux pieds de Charles Douhet. Elle se rétracte toute. Il aurait pu se chausser, pense-t-elle, il savait que nous arrivions.

Ils atteignent le seuil de la salle dite de séjour, une pièce assombrie par les volets clos et tout en longueur. Au-delà de la table rectangulaire entourée de ses chaises à dossier haut et revêtues de tapisserie mécanique trône le téléviseur dont l'écran est tourné vers le fond de la pièce, c'est-à-dire vers le canapé, c'est-à-dire vers la mère installée sur le canapé. La mère porte des pantoufles et ne fait pas mine de se lever quand la fille paraît, flanquée du fiancé annoncé. Ses yeux quittent l'écran à regret, se portent vers le couple – le visage demeure impassible – et reviennent vers la boîte à images qui diffuse, croit reconnaître la fille, *La Chance aux chansons* ou une ineptie équivalente. Le couple s'est arrêté dans l'embrasure de la porte, les haut-parleurs déversent rengaines et musiquettes d'un autre âge. Le père, dont l'embarras est patent et qui paraît soudain très las, s'appuie des deux mains à la table et propose :

— Voulez-vous du café… autre chose ?

— Non, papa, merci. Nous n'allons pas nous attarder.

L'annonce de cette retraite imminente provoque malgré tout une réaction chez la mère : elle pose ses deux poings de chaque côté de son corps afin d'aider la machine à se redresser mais les mots de la fille tombent alors, qui font avorter la manœuvre.

— Ne te dérange pas, maman, nous partons. Je voulais juste vous présenter Alexandre. Nous nous marions la semaine prochaine.

La mère se laisse retomber dans la bauge douillette creusée par la quotidienne fréquentation de ses fesses avec le canapé et dit à l'adresse du garçon :

— Je vous souhaite bien du plaisir, jeune homme, et plus de chance que le premier.

Cependant que les trémolos d'un avatar déluré et très approximatif d'Edith Piaf sur *La Vie en rose* résonnent dans l'espace, la fille et son prince charmant franchissent le seuil en sens inverse.

Au moment où ils rejoignent la voiture, Virginie remarque :

— C'est exactement ça.

— Quoi ça ? demande Alexandre.

— La vie en rose.

*

Ils roulent depuis un moment sans parler quand Alexandre jette un regard de côté vers sa compagne et découvre les larmes qui coulent sur ses joues.

— Virginie, tu pleures ? Pourquoi ? Qu'y a-t-il ? Dis-moi…

— Ils n'ont même pas arrêté la télé.

*

Ni les Douhet, ni le Dieu de la mère n'ont, cette fois, été conviés à la cérémonie.

En revanche, Virginie s'est assuré que l'oncle Louis acceptait d'être son témoin. Louis a dit : D'accord, mais après la mairie, on fera la fête chez moi.

Chez lui, c'est à deux heures d'ici, il a fallu prendre les deux voitures, la nièce a tenu à monter dans celle de l'oncle, le marié et son témoin suivent dans la seconde.

Pendant le trajet, Louis s'amuse à tancer sa passagère :

— Tu as des mœurs étranges, ma jolie. A peine mariée, tu laisses en plan ton nouvel époux. Le bon respect des usages aurait pourtant voulu que tu fasses la route avec lui, tu ne crois pas ?

Dans son tailleur vert pomme, elle bougeotte un peu sur son siège, fait mine de vérifier que le camélia d'étamine piqué à son revers est toujours bien là.

— C'est que... j'avais une question à te poser et je voulais le faire sans témoin.

— Mais je suis ton témoin ! s'exclame-t-il, ravi de cette occasion de culbuter un mot jusqu'à lui faire perdre le sens.

— Je suis sérieuse, Louis. Il me fallait un vrai moment avec toi.

— Hou ! là... Ça paraît en effet bien sérieux. Ta question doit être très longue. Est-ce que je me trompe ?

— C'est la réponse qui risque d'être longue.

— Bien, vas-y, je t'écoute. Nous avons tout notre temps et aujourd'hui tu as tous les droits.

— Même celui d'être indiscrète ?

— Même celui-là, mon petit chat.

— Eh bien voilà : il y a des années que je m'interroge sur le mystère de ta vie. Tu as une belle maison, à l'évidence tu ne manques pas de moyens et pourtant tu ne travailles pas...

— Mais il n'y a aucun mystère, ma jolie. Tout me vient de la Grande Amoureuse.

— La Grande Amoureuse ? se surprend-elle à répéter avec la même intonation que lui et en mettant les majuscules où il les a mises.

— Oui, une femme qui m'a aimé, que j'ai aimée dans ma jeunesse. Elle était beaucoup plus âgée que moi. A sa mort, elle m'a légué la belle maison et tous ses biens, voilà.

— C'est fou, je n'en ai jamais rien su.

— Personne n'en a jamais rien su. Le Grand Amour ne se raconte pas.

— C'était... C'était il y a longtemps ?

— Très longtemps, mon chat blanc. Tu étais une petite fille à l'époque.

Il ménage une pause et demande :

— As-tu ta réponse ? Es-tu satisfaite ?

— Je suis stupéfaite. Je ne te voyais pas en Grand Amoureux.

— C'est que tu me sous-estimais. Il en va toujours ainsi dans les familles. On peut avoir sous le nez un génie de la science, ou de la musique, ou de l'amour, ou de ce que tu voudras, on ne le voit pas. A quoi doit-on imputer cette cécité, je n'en sais trop rien. Peut-être à une modestie atavique et bien partagée qui interdirait de reconnaître l'individu hors du commun dans une communauté de sang. Ou simplement au fait que lorsque le génie en question est surpris par ses proches à se moucher, à souffrir de coliques ou de rages de dents, il leur est difficile de le tenir pour autre chose qu'un homme ordinaire.

— Ainsi, il y avait un Grand Amoureux chez les Douhet, et ils ne le savaient pas.

— Exact. Mais, rassure-toi, je n'en conçois aucune amertume. L'avantage de l'excellence dans le Grand Amour, c'est qu'on peut rester méconnu, je dirais même qu'il faut rester méconnu, tel est le premier commandement de la sagesse.

— En somme, il s'agit d'appliquer l'adage "Pour vivre heureux, vivons cachés".

— Cela même. Et c'est ce que nous avons réussi, la Grande Amoureuse et moi : vivre heureux en nous cachant de tous.

Ils se taisent un moment, ils cheminent côte à côte selon leur habitude. Puis l'oncle dit soudain :

— Mais ton père aussi est un Grand Amoureux. On est doué chez les Douhet !

Elle reconnaît là l'incorrigible propension de Louis à transformer les mots en matériel ludique, elle voudrait sourire mais c'est une grimace qui se forme sur ses lèvres quand elle dit :

— Oui, sans doute.

Et comme il entend sa réticence, il prend aussitôt une tangente :

— Bon ! Changeons de sujet. Je crois que nous avons perdu le mari et le garçon d'honneur, je ne les vois plus dans mon rétroviseur. Que fait-on ? On s'arrête, on les attend ?

— Non, continuons. Alexandre a un plan, il trouvera bien la maison.

— Ah ! la maison… Sais-tu que c'est une folie construite au début du XIXe siècle ? Si l'on en croit le dictionnaire, une folie était une riche maison située à la campagne. Les hommes fortunés y installaient leur maîtresse et pouvaient ainsi venir la voir en toute impunité, mais cela le dictionnaire ne le dit pas.

— Le dictionnaire ne signale pas non plus qu'au mépris des convenances, une Grande Amoureuse peut offrir une folie à son jeune amant.

— Non, évidemment, car le cas est rarissime. Il ne se présente que lorsque les intéressés font fi de la morale et des principes en vigueur. Eh oui, ma jolie, ton oncle Louis a été un jeune homme entretenu et fort heureux de l'être, conclut-il dans un rire.

Mais il a bientôt recouvré son sérieux et signale :

— Nous n'allons pas tarder à arriver. C'est curieux, je n'ai pas vu le temps passer.

— Moi non plus.

Et la maison est là, à laquelle on accède par une allée qui serpente parmi les bosquets et les massifs de fleurs. Il y a des fontaines, des Amours de pierre penchés au bord des bassins, une gloriette couverte de roses, des serres, une clairière à l'ombre des tilleuls.

— J'adore cet endroit ! s'exclame Virginie sitôt descendue de voiture.

— Tu serais difficile… Viens, entrons. Madame voudra peut-être se rafraîchir ? Pendant ce temps, j'irai bousculer mes elfes.

Dans la maison, Virginie se dirige vers une psyché qui a sans doute reflété la Grande Amoureuse et cette pensée la trouble, elle se sent intimidée par sa propre image. Néanmoins, elle vérifie que son camélia est toujours bien fixé au revers de son tailleur, se recoiffe prestement et repoudre ses joues pâles.

Lorsqu'elle ressort sur le perron, elle s'arrête, interdite. Elle n'en croit pas ses yeux : sous les tilleuls, là où il n'y avait un instant plus tôt qu'herbe rase, une table se dresse, couverte d'une nappe blanche au centre de laquelle court une jonchée de fleurs. Et des rôtis, des pâtés, des pâtisseries, des fruits en abondance !

Une voix tendre et railleuse s'élève sur le côté, en contrebas :

— Mes elfes ont bien travaillé, n'est-ce pas ?

Elle dévale les escaliers, va se jeter dans les bras de son oncle :

— Oh Louis ! Louis ! dit-elle, tu es un vrai magicien !

— Possible ! Mais j'aimerais bien que le marié et son témoin arrivent. S'ils ne sont pas là dans cinq minutes, nous commencerons à festoyer sans eux. Je meurs de faim !

*

Virginie a tout de même procuré à ses parents une grande joie, la plus grande peut-être : ils ont vu son nom – leur nom – s'inscrire sur l'écran de leur téléviseur. Le père a pris la précaution d'enregistrer sur son magnétoscope le reportage signé par sa fille et intitulé *Les Aristocrates à la lucarne*. Ils ne comprennent pas très bien la signification de ce titre mais cela n'a guère d'importance. Au cours de la projection qui dure une quarantaine de minutes, on voit défiler des altesses, comtesses et autres duchesses qui font les honneurs de leurs châteaux ou manoirs, et discourent sur la difficulté qu'il y a à porter une particule dans la France d'aujourd'hui. Ruinés pour la plupart, ils signalent en outre les problèmes qu'ils ont à gérer le lourd patrimoine immobilier légué par leurs aïeux. "Qu'est-ce qu'ils voudraient ? bougonne le père. Qu'on se cotise pour les aider à entretenir leurs baraques ?" Car Charles Douhet a milité dans les rangs du parti communiste à une certaine époque de son existence et tout ce beau monde l'indispose. A mesure que défilent les images, il ne peut s'empêcher d'y aller de ses petits commentaires. La mère est parfois obligée de le rappeler à l'ordre et au silence : elle tient à entendre ce qui se dit.

On ne voit jamais Virginie mais, de loin en loin, on entend sa voix qui pose une question teigneuse à son interlocuteur. A l'évidence, elle cherche à le déstabiliser, à le ridiculiser. "Elle se fait du tort, pense la mère, elle ne changera jamais : une peste."

Malgré ce, ils sont très fiers de la fille. Ils ont visionné son reportage une dizaine de fois en une semaine, ils ne s'en lassent pas. Ils aiment par-dessus tout voir défiler le générique de l'émission. Quand le nom de la réalisatrice apparaît en capitales rouges sur fond gris, le père appuie sur la touche "arrêt" de sa télécommande. Ils peuvent rester ainsi de longues minutes à contempler ce plan fixe et à s'en repaître.

Lors d'une énième projection des *Aristocrates à la lucarne*, la mère suggère au père de photographier le fameux plan, et le père obtempère aussitôt. Par précaution, il prend plusieurs clichés, on utilisera le meilleur. Bien qu'ils ne se soient pas concertés, la même idée leur trotte dans la tête : se comprendre à demi-mot, deviner les intentions de l'autre, devancer ou partager ses désirs sont choses courantes et miraculeuses dans la vie d'un vieux couple, n'est-ce pas ?

Quand le photographe du centre commercial livrera les tirages, on sélectionnera le plus satisfaisant et on lui demandera d'en faire un agrandissement. Le père mettra la photo grand format sous verre, il lui fabriquera un joli cadre – Charles a des mains en or, question bricolage il est imbattable – et on l'accrochera sur un mur de la salle de séjour. De la sorte, on aura sous les yeux le nom de Virginie Douhet sur le petit écran tous les jours et pour toujours.

*

Quel bonheur, Seigneur, ce soir, devant la télé, j'en suis encore toute retournée. Un film de notre fille, si on s'attendait à une chose pareille ! Mais quelle cachottière tout de même, cette Virginie ! Charles et moi, on la croyait toujours occupée à ses écritures et pas du tout, elle travaillait depuis des mois à la réalisation de ce reportage, *Les Aristocrates à la lucarne*. Figurez-Vous, mon Dieu, que nous n'étions même pas informés de sa diffusion aujourd'hui. C'est Mme Valinet, la boulangère, qui nous l'a appris il y a deux jours. On arrive dans la boutique comme chaque matin pour acheter notre baguette et sitôt qu'elle nous voit entrer, elle s'exclame : Ah ! vous voilà ! Je vous attendais, je voulais vous féliciter ! Des félicitations ? On lui demande pourquoi, et elle brandit alors un magazine qu'elle tenait au chaud sous son comptoir, elle l'ouvre et le plaque devant nous pour nous montrer, là, sur le programme de ce soir, le nom de Virginie, notre nom. Vous n'étiez pas au courant ? reprend la boulangère avec un petit air qui ne m'a pas plu et, là-dessus, mon pauvre Charles, tout troublé, se lance dans une explication bafouillante et lamentable. Moi, Vous me connaissez, Seigneur, j'ai horreur de déballer mes affaires de famille devant des étrangers, la boulangère n'a pas à savoir que notre fille joue la distance et le secret avec nous, alors j'envoie un coup de pied discret dans la cheville de Charles pour qu'il comprenne et se taise. A la Valinet, je dis simplement : Bien sûr, nous savions, mais la date nous était sortie de la tête.

Il n'empêche, ce petit bout d'échange à la boulangerie m'a porté un méchant coup. Pas que je sois vraiment étonnée, Virginie a toujours simulé et dissimulé, c'est dans sa nature. Toute petite déjà, elle empilait les silences et les mensonges entre nous, elle se barricadait contre nous. Notez que je ne lui en veux pas, Seigneur, il faut accepter et aimer les gens tels qu'ils sont, et même j'espère que ma fille réussira dans son nouveau métier, oui, de tout cœur je lui souhaite le succès. La seule chose, c'est que dorénavant nous éplucherons chaque semaine le programme télé car attendre qu'elle nous avertisse, je le sais, il n'y faut pas compter.

*

Alexandre l'a invitée à s'asseoir dans un café de la place des Vosges, il a commandé un thé pour elle, un *espresso* pour lui et quand les consommations ont été servies, il a dit :

— C'est par esprit de cohérence que je t'ai épousée.

C'est tout. Maintenant il se tait. A son habitude, il a dépiauté les mots, leur a ôté leur carapace, en a extrait toute la substance, rendant ainsi impossible toute identification. A elle de classer cette nouvelle dépouille parmi les autres cadavres minuscules, desséchés, qu'il lui a jetés avec le même laconisme et la même désinvolture tout au long des années de leur union.

Elle sait qu'il prend un malin plaisir à la voir se livrer à cette tâche. Elle sait qu'il est absurde de conserver ces mots qui n'ont pas de sens, qui n'ont jamais eu de sens pour la raison qu'ils en étaient vidés à l'instant même de la profération, privés du contexte ou de l'explication qui aurait pu les valider, en permettre l'entendement.

Mais celui-là, cohérence, lancé à bout portant à une table de café, est tout de même une grosse prise, une pièce à conviction. Tout laid qu'il soit, il faut l'examiner, l'interroger encore et encore, se persuader qu'il l'a bien prononcé, qu'elle l'a bien entendu. C'est difficile. Elle n'entend pas tout de suite, ne comprend pas tout de suite car on ne comprend ni n'entend quand le monde soudain se dérobe sous vos pieds.

Elle l'a tellement aimé, elle l'a aimé au point de croire – oh ! pas longtemps – qu'il l'avait épousée par amour. Mais non, il vient de l'avouer, c'était seulement dans un souci de cohérence.

Elle garde les yeux baissés, rivés à la surface de cette table de café, elle renverse là, mentalement, sa macabre collection. Cela grouille de morts entre eux, d'insectes morts : scolopendres, cancrelats, araignées, lucanes. Il a gardé le scorpion venimeux pour la fin, il vient de le lui jeter à la face. Et elle a été piquée, elle meurt sur place. Elle est morte place des Vosges.

LE PRÉSENT INDICATEUR

ET MAINTENANT, le coup de fil hebdomadaire de la mère à la fille. Dès la première sonnerie, Virginie devine l'origine de l'appel et se prépare à l'intermède, ce qui revient à s'armer de patience et à rameuter en elle toute la piété filiale dont elle est capable. Elle sait aussi en quoi consistera l'entrée en matière, elle connaît d'avance le préambule car il est invariable. "Ma chérie, j'avais besoin d'entendre ta voix", dira la mère.

Voilà, c'est dit. Et, dès lors, Claire Douhet, qui a ce talent plus répandu qu'on n'imagine de parler pour ne rien dire, va déverser sur sa fille des trombes d'inepties. Quand elle aura fini de dénigrer sa bru ou ses belles-sœurs, quand elle aura dressé le catalogue de ses douleurs articulaires ou auriculaires, raconté avec force détails le dernier film qu'elle a vu et décrit le menu du repas que le père et elle se sont offert hier au restaurant, une bonne heure se sera écoulée au cours de laquelle la fille n'aura émis que quelques borborygmes puisque la mère ne lui permet pas de placer un seul mot dans ce soliloque à fort débit où les bâtons ne sont jamais rompus.

Cette heure, pourtant, la fille ne l'a pas vraiment perdue. L'expérience de ces longues crises maternelles de téléphonite lui a enseigné que l'on peut se déplacer – grâce en soit rendue à la technologie qui a produit le récepteur mobile – et écouter son correspondant sans pour autant renoncer à ses occupations. On peut, d'une main, tenir le téléphone contre son oreille et, de l'autre, se livrer à de menues activités, vider les cendriers, ranger des livres ou des revues, choisir une robe dans la penderie, arranger des coussins sur un canapé. Et même s'il se présente une tâche qui requiert l'usage des deux mains, comme ouvrir une boîte d'aliment pour chats ou retirer du four un gratin qui menace de virer à la carbonade, elle n'hésite pas, elle se déleste du récepteur, l'abandonne sur la paillasse le temps de nourrir le chat affamé ou de sauver son gratin du désastre, la mère continue à déblatérer dans le vide mais ça ne tire jamais à conséquence, elle ne risque pas de s'en apercevoir.

En vérité, il arrive même que la fille, à certains moments, éloigne le récepteur de son oreille sans raison valable, sans que ce *cut*, cette coupure de "l'émission" maternelle soit justifiée par la moindre urgence. Quand la fille tient ainsi le téléphone à distance, elle pense à ces travaux de nègre dont elle accepta de se charger naguère. Le négrier – celui qui plus tard signerait le livre dont il n'aurait pas écrit un seul mot – lui fournissait sa matière première sous forme de cassettes, tel était le commode postulat posé en prémisses à leur collaboration. D'innombrables cassettes qu'elle devait glisser dans son lecteur et auditionner pendant des heures afin d'en tirer tout le suc, la substantifique moelle. L'homme n'avait sans doute jamais lu un roman avant qu'une fatale ambition – ou un éditeur marron – ne l'incite à guigner la gloire littéraire et à se lancer dans cette aventure. Lorsqu'il s'égarait et l'abrutissait d'une pléthore de considérations et de détails superflus ou inutiles à la conduite de l'intrigue, Virginie appuyait sur la touche "défilement" de son appareil et l'imposteur continuait à discourir à perte. De loin en loin – conscience professionnelle oblige –, Virginie reprenait toutefois l'audition afin de vérifier si, dans le fatras ainsi déchargé, une quelconque information méritait d'être retenue. Cette méthode s'est avérée des plus satisfaisantes quand il s'est agi de rédiger un ouvrage de six cents pages pour ledit "négrier". Elle l'applique donc avec une égale désinvolture et l'assurance d'une même impunité chaque fois que Claire Douhet l'accable de ses interminables parlotes.

Mais ces ruses et ces "défilements" n'empêchent pas que, lorsque la mère a enfin vidé son sac et qu'elle peut décemment replacer le récepteur sur sa base, Virginie se sent épuisée, laminée, en proie à une sorte de vertige : on vient de lui parler pendant une heure et on ne lui a rien dit.

*

Si celui auquel tu t'adresses peut vraiment t'entendre, évite de le bassiner avec mes petites histoires. Voilà, Seigneur, en quels termes la boiteuse ose parler de Vous. Le blasphème ne lui fait pas peur : elle est allée jusqu'à me prier – et avec quelle violence – de ne plus prier pour elle.

Virginie de tout temps s'est moquée de la religion comme de la famille, cette impie ne recule devant aucun sacrilège. Elle exige que je l'oublie dans mes dévotions car, dit-elle, si Vous intervenez réellement dans les affaires humaines, Vous devez être fort occupé et elle estime qu'il est indécent de Vous accabler de nos problèmes. Tout ça parce que j'ai commis l'imprudence de lui dire que je priais chaque soir pour que son second mariage soit plus heureux que le premier. Pauvre de moi, j'étais loin de me douter que cet aveu susciterait tant de hargne et de rage. C'est bien simple, ma main a failli lâcher le téléphone quand elle s'est mise à hurler que son couple pouvait se passer de l'intervention divine et que je devais dorénavant me dispenser d'intercéder en sa faveur. Et qu'elle était assez grande pour s'occuper de son bonheur. Et que sa vie privée ne Vous regardait pas. J'en ai tellement entendu au cours de cet échange que lorsqu'il a pris fin, Charles m'a trouvée en pleurs près du téléphone. Comme il insistait pour savoir ce qui m'avait mise dans cet état, j'ai dû lui rapporter les propos injurieux de notre fille à Votre égard. Si Virginie ne veut pas de tes prières, évite au moins de lui en parler. C'est comme si, au moment d'offrir un cadeau, tu en annonçais le prix à son destinataire, je trouve ça indécent. Voilà tout ce qu'il a trouvé à me dire, Dieu du ciel. Pour la première fois, il prenait le parti de sa fille contre moi, il utilisait les mêmes mots qu'elle pour me condamner, j'en suis restée sans voix. Et le pire est que, sans rien ajouter, il m'a quittée sur un haussement d'épaules pour s'en aller trafiquer dans son atelier. Il aura fallu cinquante années de vie commune pour en arriver à cela : qu'il hausse les épaules et me laisse en plan avec ma peine. Oh ! Dieu, moi qui croyais que Charles était le meilleur des hommes, moi qui croyais en lui comme je crois en Vous !

*

Claire et Charles Douhet – de beaux restes l'un et l'autre, le fait est indéniable – sont mariés depuis plus de cinquante ans. Ils ne sont pas peu fiers de ce score, un record aujourd'hui où les gens secouent le harnais conjugal à peine se sont-ils fait un petit bout de conduite. Ils n'ont pas tort, ces champions du mariage, et l'on comprend qu'ils se félicitent de pareil exploit, mais la fille apprécierait qu'ils évitent d'en faire étalage et se montrent plus discrets. Surtout devant leur fille, estime la fille, elle qui a déjà convolé et divorcé par deux fois.

Il lui semble, quand ils évoquent leur bonheur et l'harmonie si pérenne, si rare de leur couple, qu'ils lui font la nique, qu'ils pointent sur elle un doigt accusateur ou, à tout le moins, réprobateur. Ils se rengorgent comme des paons, voilà le plus agaçant. Ont-ils oublié que la foudre de la mésentente leur est tombée dessus il y a une vingtaine d'années ? L'événement qui autrefois l'aurait comblée, la note discordante dans le duo d'amour résonnait enfin mais trop tard, beaucoup trop tard pour qu'elle pût s'en réjouir. Au contraire, si cet accident de parcours n'a pas été entériné par une séparation en bonne et due forme, c'est grâce à Virginie, laquelle, en dépit de son instabilité amoureuse notoire, a volé jusqu'à eux pour recoller les pots cassés. Ont-ils oublié que si elle est venue jouer les psychologues et les conseillères conjugales, c'est qu'ils ont sollicité ses services et souhaité sa médiation ? Pendant des heures, elle les a écoutés l'un et l'autre, elle leur a parlé, à l'un puis à l'autre. Désignée pour arbitrer leur rixe, elle a tenu ce rôle avec une équanimité tout à fait remarquable.

S'ils ont fait litière de cet épisode, elle en garde quant à elle un souvenir très précis. Elle se souvient que, dans ces moments, elle se faisait l'effet d'un plombier appelé en catastrophe pour un dépannage d'urgence. Le bateau du mariage parental prenait l'eau, quelque tuyauterie défaillante, une soudure qui avait sauté. Une fois établi son diagnostic – l'usure seule était à incriminer –, elle avait déballé ses outils et procédé au raccordement des deux morceaux de tuyau malencontreusement déboîtés. Au bout de quelques heures d'effort, elle y était parvenue. Elle avait même réussi une soudure impeccable, très résistante, puisqu'elle tient toujours.

*

Charles Douhet a enseigné l'histoire et la géographie pendant une quarantaine d'années. C'est un homme calme qui a le geste pondéré et ne hausse jamais la voix. Sa pente naturelle est de couler vers la mer – la mère, dirait la fille – comme ces fleuves français qu'il aime et dont il connaît jusqu'à l'intime les caprices, les rodomontades, les roueries géologiques et hydrographiques. S'il fallait l'identifier à l'un d'entre eux, ce serait à la Loire qui est le plus lent, le plus placide et ne se prive pas de musarder en multiples détours et divagations.

Ce jour-là, Claire Douhet vient de subir une intervention chirurgicale, rien que de banal mais Charles est anxieux, il ne tient pas en place. La mère est encore en salle de réveil, la fille est venue tenir compagnie à son père, l'épauler, le réconforter, le distraire. Ils viennent de s'asseoir face à face dans la cafétéria, au rez-de-chaussée de la clinique. Lorsqu'ils ont pris la file avec leurs plateaux, la fille a choisi des rondelles de tomate et de concombre, du petit salé aux lentilles et un yaourt. Mais, à présent que ces nourritures sont là, étalées à cinquante centimètres de sa bouche, elle chipote, elle ne se sent pour elles aucune appétence. Il est si rare qu'elle se trouve ainsi en tête à tête avec son père, cela a dû se produire en deux ou trois occasions par le passé, et comme chaque fois elle en éprouve de la gêne, une sorte de trouble qu'elle ne peut s'expliquer. La plupart du temps, la mère est là, entre eux, qui fait écran et interfère, qui domine les échanges et contrôle la situation. Mais en ce moment même, Claire Douhet se réveille d'une anesthésie générale et Virginie, face à son père, n'a vraiment pas faim.

— Tu ne manges pas tes lentilles ? demande Charles Douhet qui a déjà fait un sort à son entrecôte-frites et lorgne l'assiette de sa fille.

— Non, dit-elle, tu les veux ?

— Ce n'est pas de refus, l'angoisse doit me creuser, j'ai une de ces fringales !

Leurs bras se croisent au-dessus de la table, les assiettes changent de plateau.

— Tu sais, papa, quand j'étais petite je rêvais de vous voir divorcés, maman et toi.

— Quoi ?

Avec ce quoi horrifié, il éructe la bouchée qu'il vient d'engouffrer et Virginie se retrouve sous la mitraille des lentilles qu'elle a dédaignées.

— Excuse-moi, dit le père. … Toi, tu espérais qu'on divorce, toi ?

— Oui. J'avais à peine dix ans, j'aurais voulu que tu rencontres une femme belle et douce, que tu t'en ailles avec elle. J'imaginais que je pourrais partager avec vous une nouvelle vie.

— Mais ta mère ? dit-il, et il a la gorge nouée, elle l'entend à sa voix.

Quel est le diable qui la pousse à une pareille et si tardive confession ? Le moment est-il bien opportun alors que là-haut, dans les étages, Claire Douhet reprend à peine conscience ?

— C'étaient des idées de gosse, tu sais. J'avais des camarades dont les parents étaient divorcés, on en parlait et, bêtement, j'enviais leur sort, c'est tout, des enfantillages...

— Je n'arrive pas à croire que tu aies pu désirer cela. Tu sais que, pour moi, ta mère a toujours été la seule femme, la seule.

Sous la lumière crue des néons, ils chuchotent maintenant comme des enfants qui parlent dans le noir de sujets défendus.

— Je sais. Pourtant, plus tard vous avez failli... J'étais venue, rappelle-toi, je vous avais trouvés en plein désarroi...

Elle songe à son travail de rabibochage d'il y a vingt ans, aux longues heures passées à leur parler, à les raisonner ; lui aussi sans doute puisqu'il murmure dans un souffle :

— Cela arrive à tous les couples. Il y a des moments où on s'insupporte mais ces difficultés sont passagères, elles ne tirent pas à conséquence.

Elle songe à la Loire semée d'îles et d'îlots à certains endroits de son parcours. Son père, l'homme-fleuve, se tenait à cette époque sur un îlot de résistance, de dissidence, il avait fallu l'en déloger en sorte de pouvoir procéder à la remise à flot du couple Douhet, vogue la galère et bon vent !

Du flux souterrain de sa pensée, le père remonte alors et dit :

— On a parfois le cœur qui boite, tu dois le savoir, toi…

Mais la fille répugne à aborder la question de la boiterie, elle ne veut pas se laisser piéger dans cette chausse-trape. Tout ce qui s'est exprimé au cours de ce déjeuner sur le pouce n'était déjà pas très pertinent, il faut trouver une parade, une échappatoire.

— Si on allait aux nouvelles, là-haut ? propose-t-elle.

*

Vous devez être au courant, Seigneur, il y a des hommes qui envoient leurs femmes à la casse dès qu'elles atteignent la cinquantaine, j'ai au moins trois de mes amies qui ont connu ce triste sort, la répudiation, la mise au rebut pure et simple. Ces pauvres épaves ne s'en remettent jamais, on peut comprendre. Moi, avec Charles, soyez-en remercié mon Dieu, j'ai tiré le gros lot, il n'est pas du genre à abandonner sa vieille torpédo pour une carrosserie plus rutilante. Parce que mon Charles est un doux, un sentimental, un fidèle ; il appartient, je crois, à une espèce en voie de disparition. Bon, il est parfois un peu lent à la comprenette, un peu naïf, et alors je dois lui ramener les pieds sur terre, l'obliger à descendre de son nuage, mais personne n'est parfait, Vous excepté, bien sûr.

Tenez, l'autre jour, peu après mon retour de la clinique, il me fait part d'une conversation qu'il a eue avec Virginie qui, en "bonne fille", était venue soutenir son père dans l'épreuve. Parce que dès que j'ai un petit bobo, Charles perd pied, il me voit morte, et là, cette opération, c'était du sérieux, il paniquait. Bref, Virginie arrive en renfort pour lui tenir la main et qu'est-ce qu'elle trouve à lui raconter pendant ce déjeuner à la cafétéria, je Vous le donne en mille : elle lui sort une vieillerie de la naphtaline, elle lui avoue qu'à dix ans elle rêvait de nous voir divorcés. Une semaine après mon pauvre Charles en était encore sens dessus dessous, il croyait me sortir une nouvelle de derrière les fagots mais pour moi elle était éventée cette histoire, je la connaissais depuis trente ans. Il n'en revenait pas que notre fille ait pu concevoir une idée pareille, c'est un homme qui ne voit jamais le mal. Moi je le vois, bien obligée avec Virginie. Encore une preuve de sa capacité de nuisance, ce déjeuner à la cafétéria de la clinique : elle passe une heure avec son père et en ce rien de temps elle réussit à le tourneboulér, elle trouve le moyen de lui planter un poignard dans le dos. D'ordinaire, je veille au grain, j'évite de les laisser seuls plus de deux minutes car, à trois, je sais que d'une manière ou d'une autre Virginie va cracher son venin. Est-ce que ce sont des façons de traiter un homme comme Charles qui est le meilleur des pères, un père tranquille, et un amour de mari ? Dites-moi, Dieu du ciel…

*

Christophe Douhet vit à la périphérie d'une ville située à une soixantaine de kilomètres du domicile de ses parents. Cinquante-quatre, dit la mère, très soucieuse de précision spatiale en cette occurrence. La porte à côté, pour ainsi dire, ajoute-t-elle. Il suffirait d'un coup de voiture pour que son petit chéri, son bébé d'amour soit là. Mais on le manipule, cet enfant, on l'empêche de venir voir ses parents.

Elle reprend cette antienne à chaque visite de la fille.

C'est l'autre, la bru, cette sournoise, cette fausse sirène qui le retient dans ses filets. Au téléphone, si on appelle là-bas pour réclamer la présence du fils, elle a toujours une excuse à vous servir. Tantôt Christophe est en train de repeindre la cuisine, tantôt il lui faut tondre la pelouse ou remblayer un talus. C'est vrai, renchérit le père, les rares fois où il vient, c'est pour emprunter la tondeuse, la perceuse ou un escabeau. Elle le fait trimer, reprend la mère, mais il n'a jamais les outils qu'il lui faut pour travailler. Par contre, elle, la bru, ne se prive de rien, des toilettes, des bijoux, le coiffeur et la manucure une fois par semaine. Et lui, quand il veut bricoler un peu, obligé d'aller à droite ou à gauche pour qu'on lui prête le matériel qui lui manque.

La fille écoute et ne dit rien.

Il pourrait s'équiper une fois pour toutes, dit le père, ça lui faciliterait la vie. Bonne idée, crache la mère, comme ça on ne le verrait plus du tout, tu peux être sûr. C'est vrai, admet le père, pourvu qu'il vienne chercher ici l'outil dont il a besoin, le prétexte est bon. Est-ce qu'on a besoin de prétextes pour rendre visite à ses vieux parents ? relance Claire Douhet. Et sa poitrine de mère immolée sur l'autel du Grand Sacrifice émet une suite de soupirs qui témoignent de son affliction. Le malheur, c'est qu'un fils on l'élève pour une femme, toutes, tôt ou tard, on finit par l'apprendre. Du jour où il se marie, on le perd, voilà la vérité. Tu ne connais pas ton bonheur, ma fille, de n'avoir pas eu d'enfants. Tu t'es évité bien du chagrin, crois-moi.

La fille écoute toujours et ne dit mot.

— Quand il était petit et même plus tard, jusqu'à l'adolescence, Christophe était une merveille, toujours pendu à mon cou, toujours aux petits soins pour nous, n'est-ce pas, Charles ?

— C'est vrai, approuve le père, toujours aux petits soins, un garçon adorable et très affectueux.

— Tout a changé du jour au lendemain quand il a connu l'autre, cette Sandrine. Elle nous l'a transformé, elle a manigancé tant et plus pour l'éloigner de nous, elle nous l'a pris.

Camille songe à la larve rougeaude qui vagissait dans un berceau blanc il y a longtemps. Combien de temps déjà ?

— Quel âge a Christophe ? demande-t-elle soudain.

— Ça va lui faire trente-quatre ans bientôt, répond la mère. En octobre.

Eh bien, on aurait dû vous le prendre au berceau il y a trente-quatre ans, songe la fille. Cela aurait épargné bien du souci à tout le monde et je ne me serais pas mise à boiter.

Mais la mère vient de surprendre la fille en faute. Du coup, elle en oublie ses jérémiades et ses préventions contre la bru. La fille redevient la cible, la tête de Turc.

— Tu as oublié l'âge de ton frère ?

Et cette fois, parce qu'elle est à bout, la fille riposte :

— Non, maman. J'ai oublié que j'avais un frère.

Il y a un moment que Camille rongeait son frein : elle vient d'exploser, tant pis pour eux.

Le père, toujours conciliant, tente de brandir le drapeau de l'amnistie.

— C'est bien normal, on peut comprendre, ils se voient si peu. Vous vous voyez si peu, n'est-ce pas, ma chérie ?

La mère est verte. Elle extirpe un mouchoir de sa poche, le presse contre ses yeux – une recette longuement éprouvée car le geste, sans coup férir, déclenche les larmes de crocodile – et se précipite hors de la pièce. Sortie théâtrale très réussie. Fin de l'acte III. Un rideau tramé de lourds silences tombe sur le père et la fille.

*

Lors de la célébration de leurs noces d'or, Charles et Claire Douhet ont tenu à convier toute la parentèle autour d'une table de gala.

Le fils est là, flanqué d'une épouse maigrichonne et peu concernée par l'événement. La fille est également présente, bien sûr. Elle se tient assise à la droite du père, sa place attitrée, celle qu'elle occupe chaque fois qu'elle leur rend visite et leur accorde le temps d'un déjeuner.

A chaque toast porté au couple magnifique qu'il s'agit aujourd'hui de couvrir de congratulations unanimes et très méritées, la fille lève son verre comme tout un chacun mais elle penche la tête sur son assiette. C'est très curieux cette façon de dresser le bras et, en même temps, de piquer du nez vers la table à la manière d'un fourmilier, cela ne peut évidemment pas échapper à la mère. Elle pense que Virginie ne se réjouit qu'à moitié d'avoir des parents si unis et si admirables, qu'elle ne participe qu'à moitié, selon son habitude.

Cependant, si Virginie fixe obstinément le fond de son assiette plutôt que de dédier ses regards aux héros de la fête, c'est à cause de Camille. Camille se souvient de ce chiot, un quelconque Tobby ou Bobby, auquel la mère avait jadis entrepris d'inculquer les rudiments de la propreté. Chaque fois que le petit chien s'oubliait dans la maison, elle lui frottait le museau dans son pipi. Au bout de deux à trois semaines de ce traitement, le chiot avait compris qu'on ne plaisantait pas avec l'hygiène dans cette famille et demandait à sortir quand il avait un besoin pressant à satisfaire.

Autour de la table, ça continue, ça n'en finit pas. Chacun y va de son petit couplet à la gloire de Claire et Charles Douhet. L'oncle Vincent est maintenant debout et, haussant sa coupe de champagne, un peu éméché déjà, il s'essaie à l'éloge des vieux époux. Il déclare que le père et la mère représentent aux yeux de tous un modèle de félicité, un exemple rare de réussite conjugale. Virginie qui a tout raté, dont la vie sentimentale est un désastre, pique de plus en plus bas dans son assiette : les mots de l'oncle lui font ployer la nuque, on lui frotte le museau dans son indignité. Car, contrairement à Tobby ou Bobby, elle n'a pas su tirer bénéfice du si bel exemple et des leçons qui lui furent administrées. Elle sent l'ankylose gagner son bras toujours levé, Camille n'en peut plus et commence à ruer dans les brancards. Et soudain, c'est là, sous son aisselle droite, cette sensation qu'on la chatouille, Virginie se tortille, son verre tangue au bout de son bras, elle ne peut plus rien empêcher, elle se met à pouffer dans son assiette, elle glousse, c'est la montée d'un fou rire impossible à maîtriser. La tablée se fige, tous les regards sont tournés vers elle : cette attitude de la fille de la maison n'est-elle pas scandaleuse, une provocation, une insulte caractérisée à ses père et mère ?

*

Charles Douhet est penché sur son établi car il a maintenant son coin à lui, un véritable atelier où il dispose d'un établi et de tous les outils nécessaires aux petits travaux de bricolage. Il faut bien s'occuper quand l'âge vous assigne à la condition d'oisif légal et vous condamne à la vacance forcée.

Penché sur son établi, colle, papier et ciseaux à portée de main, il a entrepris de restaurer le dictionnaire familial, un vieux Larousse exténué par des années de manipulations et de consultation plus ou moins brouillonne. L'entoilage de la couverture s'effiloche par tous les bords, le gros des pages ne tient plus à la reliure et l'ensemble ne demande qu'à se carapater, bref il est en très piteux état.

Ne serait-il pas plus simple d'en acheter un nouveau ? a suggéré tout à l'heure Clairette. Plus simple, sans doute. Mais Charles ne sait trop que faire de ses mains tout au long de ses heures vides de retraité. Naguère il avait un petit potager auquel s'adonner mais la terre est basse et biner, sarcler, repiquer lui donnaient de tels tours de reins que Clairette a fini par l'interdire de jardinage. Aussi, depuis, traque-t-il l'occupation à travers la maison, cherchant ce qu'il pourrait bien retaper, rénover ou rajeunir, dans la mesure de ses compétences, il va sans dire. N'est-il pas curieux de se consacrer au "rajeunissement" ou à la réhabilitation des objets en voie de déchéance quand on est soi-même frappé par la limite d'âge et, pour cette raison, invité à sortir des cadres de la société active ?

Non, tout démantibulé qu'il soit, il ne saurait être question de mettre le vieux dictionnaire au rebut. On l'a toujours vu dans la maison, il a accompagné les études des enfants, il a servi d'ultime recours lors des litiges soulevés par l'orthographe ou le sens d'un mot, on peut bien lui accorder un sursis. Charles a donc promis qu'il allait s'employer à lui donner un coup de jeune. "Sentimental, va !" a jeté Clairette comme il se dirigeait vers son atelier.

Et maintenant il est là, à mi-travail, il ne lui reste qu'à rhabiller le gros ouvrage à l'aide d'une feuille de papier kraft qu'il vient de déployer devant lui. C'est alors l'assaut inattendu de très vieilles sensations oubliées, odeur, toucher, tout lui revient, tout lui rappelle ces séances où il recouvrait les livres des enfants avant chaque rentrée scolaire. Ce travail lui était réservé et il s'en acquittait avec plaisir sous les yeux intéressés de Christophe et de Virginie. Clairette s'y était bien essayée au début, mais elle s'agaçait vite de toutes ces découpes, ces pliages à faire dans le papier bleu, un bleu plutôt foncé, bleu indigo peut-être, oui, il le revoit très bien, et irritée par sa propre maladresse, elle avait fini par renoncer. Ainsi, d'année en année, la corvée de couverture lui était-elle dévolue, il ne s'en plaignait pas, et aujourd'hui, tandis qu'il exécute les mêmes gestes, avec la même méticulosité, il respire les odeurs mouillées et chaudes des automnes enfuis, il retrouve sa plénitude de jeune père, il revoit Virginie et Christophe debout contre la table, attentifs au travail de ses mains, impatients d'emporter leurs livres habillés de bleu et dûment étiquetés pour les ranger enfin dans leurs cartables flambant neufs.

*

Deux maris en dix ans, mon Dieu ! Est-ce que ma fille se prend pour Elizabeth Taylor ? Est-ce qu'elle va continuer à consommer des hommes comme une star d'Hollywood ?

Quand elle m'a annoncé qu'elle se séparait d'Alexandre, je ne lui ai pas caché ma contrariété. Et combien j'étais peinée de ce nouvel échec. Mais cette tête de mule refuse d'entendre parler d'échec, elle prétend que c'est un apprentissage. Apprentissage de quoi, Dieu du ciel ? De la vie, qu'elle me rétorque, on apprend davantage à travers les erreurs qu'au moyen de certitudes. Bref, elle me sert son couplet qu'elle invente à mesure, histoire de me provoquer.

Son père est encore plus affecté que moi par l'annonce de ce second divorce. Croyez-le si Vous voulez, mais il se sent coupable, mon malheureux sauveur de papillons. Inutile de préciser que je ne suis pas d'accord. Où voyez-Vous la culpabilité, mon Dieu, où voyez-Vous la faute ? je Vous le demande. Virginie a grandi dans un foyer uni, entre un père et une mère qui s'aimaient, qui s'aiment toujours, pas l'ombre d'un problème entre nous, jamais. Charles, qui désespère de voir sa fille heureuse, dit que l'exemple, notre bel exemple n'a servi à rien. Là, je m'énerve et je lui rentre dans le lard car je n'aime pas qu'il se tourmente en vain. Avec Virginie, rien ne sert jamais à rien, voilà la vérité. Des années durant, elle a vomi sur le modèle que nous lui proposions. Un bonheur semblable au nôtre, elle n'en voulait pas, tout plutôt que de ressembler à ses père et mère. Elle n'a rien voulu retenir ou apprendre de nous. D'ailleurs, elle le dit bien qu'elle est en apprentissage, Vous l'avez entendue, mon Dieu, elle le clame assez haut et fort. Quand je pense que ses maîtres, à l'école primaire, la trouvaient précoce. En apprentissage à quarante ans passés, laissez-moi rire…

*

Lorsque Christophe Douhet rentre chez lui, il lui faut enjamber la panière de linge sale, quelques chaussures dépareillées, l'aspirateur, une pile de disques à moitié écroulée sur le tapis du salon et, sur le même tapis, un peu plus loin, une tasse à café et sa soucoupe flanquées d'une cuillère poisseuse de sucre qui semble indiquer la direction de la cuisine mais à laquelle manque, à l'évidence, la force motrice nécessaire pour s'y rendre par ses propres moyens.

Car chez les jeunes Douhet, les objets, les choses, voire les meubles légers, n'ont pas de place assignée, ils voyagent à travers l'espace en flux et reflux imprévisibles, ils créent ici et là des entassements, des encombrements, ils échappent à tout contrôle, disparaissant dans la débâcle ambiante pour resurgir un peu plus tard de la même débâcle. Il arrive par exemple qu'une colonne de tomates course une file d'oignons sur la moquette du couloir central et que Christophe, pestant et riant à la fois, doive s'employer à leur faire réintégrer le couffin des courses ou le bac à légumes dont une main facétieuse, un peu plus tôt, les a délivrés.

Chaque soir, son retour est ainsi une course d'obstacles bientôt suivie d'une timide tentative pour éliminer ces obstacles. Tel est le partage des tâches que pratique le couple formé par Christophe et Sandrine Douhet : l'un s'efforce de ranger ce que l'autre, en permanence et avec une malice ostensible, dérange. Par chance, Sandrine n'est pas de ces gens qui protestent et fulminent dès lors qu'un autre prétend calmer le jeu et régler tant soit peu ce qu'ils s'échinent à dérégler. Dans la gestion de l'espace qu'ils partagent, ils apportent l'un et l'autre une égale et louable tolérance.

Chaque soir, Christophe a toutefois l'impression de pénétrer dans un lieu dévasté par des vandales ou que ses occupants, contraints à l'exode, auraient abandonné dans la plus grande précipitation.

Si cette pagaille était seulement l'effet d'un laisser-aller ou d'une négligence vis-à-vis des éléments matériels de l'existence, peut-être Christophe se déciderait-il à intervenir de façon plus autoritaire et plus efficace. Mais il s'agit de bien autre chose : Sandrine organise son désordre comme une fête, elle le conçoit comme une sorte de protestation. Contre quoi ? Christophe l'ignore. Jamais elle ne s'est ouverte à lui de ses raisons, si raisons il y a. Il a donc fini par accepter cette particularité de sa femme comme une donnée constitutionnelle – de même qu'elle est blonde et mince, elle est désordonnée, se dit-il – et renoncé depuis longtemps à toute critique. Il se borne désormais à se ménager une place dans ce chaos.

Christophe voit pourtant un inconvénient réel à la mise à sac perpétuelle de son foyer : il ne peut y recevoir, comme il le souhaiterait, ses amis et moins encore ses parents. Une seule fois il a voulu se faire violence, enjamber ses scrupules comme il a appris à enjamber tout ce qui s'oppose à la libre circulation dans la maison, mais l'expérience s'est soldée par un terrible fiasco. Quand Charles et Claire Douhet ont passé le seuil de l'appartement, il a aussitôt perçu le mépris, le dégoût de sa mère devant le spectacle désolant qui s'offrait à ses yeux. Il a pour ainsi dire ressenti son haut-le-cœur et son effroi à découvrir le capharnaüm dans lequel vivait son fils.

Tout au long de ce triste dîner, Claire Douhet n'a ni desserré les lèvres ni daigné toucher au repas préparé par sa bru. Ce soir-là, quand ses père et mère ont pris congé, Christophe, le cœur gros, a compris que sa tentative débouchait sur un désastre et qu'il devait s'interdire à jamais de renouveler son invitation.

*

Seigneur Dieu, on peut dire qu'ils ont mis le temps ! Trois ans qu'ils étaient mariés et nous ne connaissions toujours pas l'endroit où ils habitaient.

Je trouvais un peu étrange que Christophe nous tienne à l'écart, je m'attristais de ne pouvoir imaginer mon fils dans son décor quotidien, mais à présent, je comprends ce qui le retenait : il avait honte, le malheureux, il redoutait notre jugement. Car cette fille, sa femme, est une souillon, elle le fait vivre dans une véritable bauge. Comment mon Christophe peut-il supporter cette atmosphère de souk ? Pour ma part, à peine entrée, je me suis rétractée toute et, n'était la présence de Charles à mes côtés, j'aurais rebroussé chemin sur-le-champ. Croyez-Vous, mon Dieu, que cette Sandrine aurait mis un peu d'ordre, sachant qu'elle allait nous accueillir ? Pas du tout. Déjà, dans le petit hall, nous avons buté sur un fatras de vêtements et de papiers jetés sur le sol, et la pièce à vivre ne valait pas mieux, des verres et des assiettes sales oubliés sur les meubles, des moutons de poussière qui couraient partout, et les sièges encombrés de monceaux de choses hétéroclites que Christophe a dû enlever à pleins bras pour nous faire place. On ne nous a pas proposé de visiter les autres pièces et cela a mieux valu car il est fort probable que l'appartement tout entier était dans le même état, crasseux et comme dévasté par un cataclysme.

Nous étions là avec Christophe, assis du bout des fesses sur nos fauteuils, et je sentais le malaise de mon fils, il me faisait peine. Pendant ce temps, la maîtresse de maison – si tant est qu'on puisse lui accorder ce titre – fourrageait dans sa cuisine, on l'entendait chantonner au milieu des bruits de casseroles et de vaisselle bousculée. Au bout d'un moment, elle est apparue enfin, toute pimpante et tirée à quatre épingles. Il faut lui reconnaître cela, c'est une femme soucieuse de son apparence. Mais la voir si soignée dans ce décor d'épouvante m'a stupéfiée. Comment peut-on avoir le souci de sa personne et montrer en même temps une telle incurie dans le gouvernement de sa maison ?

A table, j'aurais voulu faire bonne figure pour Christophe mais j'étais si nouée, si révulsée par tout ce qui nous entourait que je n'ai pu avaler la moindre bouchée. Je crois n'avoir pas prononcé plus de trois phrases au cours de cet affreux dîner. C'était le premier mais, pardonnez-moi, Seigneur, même si mon fils doit en souffrir, je me suis promis qu'il serait aussi le dernier.

*

Au téléphone, la fille annonce qu'elle viendra déjeuner jeudi. A moins qu'ils n'aient d'autres projets pour ce jour-là, s'empresse-t-elle d'ajouter.

— Tu penses bien que non, proteste la mère. Et même si nous en avions, nous annulerions, tu passes avant tout, ma chérie. Ta venue fera un immense plaisir à ton père. Hier encore il me disait que ta dernière visite remonte à trois mois. Il se plaint que tu nous négliges un peu mais il n'osera jamais te le reprocher, tu le connais…

Elle, elle ose et s'abrite derrière la notoire et si commode réserve du père pour oser. Oser et enchaîner comme si de rien n'était et sans prendre de respiration.

— Que veux-tu que je te prépare, ma chérie ? Un navarin ? Un poulet au curry ? Un sauté de veau ? Une épaule de mouton farcie ? Un lapin chasseur ? Un coq au vin ?

— Un coq au vin, jette la fille avec l'espoir de couper court à la déclinaison exhaustive des spécialités maternelles.

— Eh bien d'accord, tu auras ton coq au vin. C'est vrai que tu l'as toujours adoré !

— Maman, excuse-moi, il faut que je te quitte, je suis au bureau et on m'appelle sur une autre ligne. A jeudi !

C'est faux, elle est chez elle où elle ne dispose pas d'autre ligne. De son "adoration" pour le coq au vin de sa mère, elle ne garde pas souvenance. Du reste, elle a peu de goût pour la nourriture depuis qu'elle est morte. Morte à six ans entre le lavabo et la baignoire des Douhet, morte encore sur la place des Vosges. Rien de plus normal qu'elle manque d'appétit. La frugalité est une vertu cardinale des morts et des femmes esseulées. On s'alimente mal et par obligation, la preuve, abandonné près d'elle sur le tapis, ce plateau où gisent les reliefs de son déjeuner : un pot de yaourt vide, les coquilles d'un œuf dur et une pomme aux trois quarts croquée. Mais elle y tient à son plateau, elle s'y accrocherait et le défendrait bec et ongles contre quiconque prétendrait le lui confisquer. Ce banal rectangle de plastique qui doit mesurer quarante centimètres sur vingt-cinq est son espace de liberté, le symbole de son autonomie. Elle ressent comme un privilège, voire comme une victoire personnelle le fait de n'avoir plus à s'asseoir jour après jour à la table des Douhet où on a mis les petits plats dans les grands, ou même à celle d'Eric, à celle d'Alexandre. C'est ainsi : elle aime son plateau de plastique et éprouve désormais une violente aversion pour les tables, les nappes, la vaisselle précieuse, les cristaux et l'argenterie, tout ce qui prépare les yeux à l'agrément d'un plaisir pris en partage et favorise la convivialité.

Bon, mais jeudi il faudra tâcher de se bien comporter face à ce coq au vin.

*

On s'est levé tôt, plus tôt qu'à notre habitude je veux dire, car à nos âges, Vous le savez, mon Dieu, les nuits s'écourtent, le sommeil devient capricieux, fuyant. Nous étions tellement excités, pensez, nous attendions Virginie à déjeuner. Je me suis mise en cuisine alors qu'il ne faisait pas encore jour car la volaille doit mijoter dans sa sauce à feu doux et longtemps pour atteindre à la succulence. Juste après le passage du facteur, Charles est descendu à la cave où il est resté une bonne demi-heure à choisir le vin qu'il servirait à sa fille. Lorsqu'elle vient nous voir, il veut la gâter, il tient à lui offrir ce qu'il a de meilleur et là, le vin qu'on allait boire à table ne devait pas contrarier celui que j'avais utilisé pour mon fond de sauce, je lui avais donné mes consignes, le choix était délicat. Finalement, il est remonté avec un bon cru de bordeaux, un saint-émilion de 1985, j'ai estimé que mon coq n'en souffrirait pas et il a pu déboucher la bouteille une petite heure à l'avance, comme il se doit. Ensuite, pendant que je préparais mes hors-d'œuvre, il a dressé la table. Charles est un amour, il fait tout son possible pour me prêter la main et m'épargner de la besogne. Cuisiner n'est pas dans ses cordes, il ne saurait même pas faire cuire un œuf, mais chaque fois que nous avons du monde, il se charge de mettre le couvert, il apprête les coupelles d'amuse-gueules pour l'apéritif, bref il s'active et me seconde du mieux qu'il peut.

Virginie est arrivée avec une bonne vingtaine de minutes de retard, je me faisais déjà un sang d'encre car aujourd'hui, avec cette circulation sur les routes, on a tôt fait d'imaginer le pire. Mais enfin elle était là, tout était prêt, nous n'avions plus qu'à nous mettre à table.

Elle était là, à sa place habituelle à la droite de son père et elle parlait peu, trop occupée à manger qu'elle était. Seigneur, ce qu'elle a pu engouffrer, je crois bien que j'ai dû la resservir trois fois de coq au vin. Bien sûr, à côté de cette fringale, Charles et moi faisions figure de chipoteurs. C'est que nous sommes à présent de vieux oiseaux vite rassasiés ; la machinerie du corps se fait lente et difficile, il faut se garder des excès si on veut éviter les complications. Virginie, par bonheur, a toujours l'appétit magnifique de la jeunesse, c'est un plaisir de l'avoir à table. Je me demande d'ailleurs où elle met tout ça car elle est maigre comme un coucou, à croire que rien ne lui profite. Après le coq, j'ai sorti le plateau à fromages et elle lui a fait honneur de la même façon. Nous, on avait calé depuis longtemps, on se gavait du spectacle réjouissant qu'elle nous offrait, on poussait vers elle la corbeille à pain, encore du fromage, un peu de salade verte, son père remplissait son verre, j'ai même dû y mettre le holà car elle allait prendre le volant, elle ne s'attarde jamais beaucoup après ces repas et nous tire sa révérence sitôt pris le dessert et le café. Maman a raison, a-t-elle dit, il faut que j'arrête de boire, je vais conduire. Il m'a semblé qu'elle avait les pommettes un peu rouges et l'œil brillant et comme je m'en inquiétais, Vous me connaissez Seigneur, elle m'a assuré qu'elle se sentait en pleine forme et tout à fait capable de reprendre la route. Elle nous a quittés sur les trois heures. Maintenant il faudra attendre des semaines avant qu'elle nous fasse la joie d'une nouvelle visite. C'est ainsi : une fois que les enfants sont devenus adultes, ils ont leur vie et même s'ils ne vous accordent que des miettes de leur temps, il faut apprendre à s'en contenter.

*

Le père est à sa gauche, la mère lui fait face. Lorsqu'elle est assise à la longue table des Douhet chargée de victuailles, la fille s'empiffre, elle ne peut s'en empêcher. Il est clair que son formidable "coup de fourchette" les met en joie, pour un peu ils applaudiraient cette voracité qui les enchante. Et elle s'étonne elle-même, bien qu'elle sache la nature et les dimensions exactes du vide qu'elle comble en bâfrant de la sorte. Cela se creuse en elle à peine a-t-elle franchi le seuil de la salle à manger, sitôt qu'elle découvre la table apprêtée et prend conscience qu'elle va devoir passer là deux heures en compagnie du père et de la mère. Son estomac, le centre de son corps sont alors des gouffres sans fond, des chancres, et elle y jette pêle-mêle tout ce qu'on lui offre, toute cette mangeaille, cette bourre dont elle se sert pour étouffer l'angoisse qui l'évide et la ronge. Cette dévoration effrénée, continue, a un double avantage : elle la dispense de parler – qu'aurait-elle à leur dire ? – et elle procure aux parents une grande satisfaction. Le bel appétit a toujours été considéré comme un signe de santé chez les Douhet. Donc, engloutir des hors-d'œuvre variés, du coq au vin, des fromages assortis, le tout arrosé de saint-émilion, est somme toute une bonne action, la seule dont elle soit capable.

Trois heures. Ils l'accompagnent jusqu'au portillon du jardin et elle ne coupe pas aux recommandations de rigueur. Sois prudente ! Ne roule pas trop vite ! Embrassades. Enfin elle est assise derrière son volant. Faire les gestes qui entraînent la mise en marche de la voiture, démarrer en douceur. A une centaine de mètres, elle peut encore les voir dans son rétroviseur, figurines de plâtre plantées sur le trottoir, auxquelles elle adresse un dernier signe de la main. Au premier tournant elle est hors de leur vue et c'est alors que la nausée monte, que son corps se révolte et cherche à se débonder. Vite, vite, déboîter vers la première station-service qui se présente, se ruer vers les toilettes, et là, vomir en vrac le coq au vin, le fromage, la génoise aux fraises, les amuse-gueules de l'apéritif, et après l'affreuse satiété, le vide à nouveau, le vide enfin.

*

Parce qu'il n'a pas tous les jours une tâche précise à exécuter, ou parce que certains jours il échoue à s'en inventer et se retrouve terriblement désœuvré, il arrive à Charles Douhet de sortir ses classeurs, ses dossiers, et de s'y plonger pendant des heures. Clairette regarde la télévision dans la pièce voisine, ici le poste reste allumé en permanence. Cela ne le dérange pas, il s'abstrait, il n'est plus là. Il a conservé les cours qu'il rédigeait pour ses élèves et, un peu nostalgique, il les consulte, il se retrouve en classe, un bouquet de jeunes visages levés vers lui. Quarante ans de fiches, de polycopies, de photocopies, de diapositives et documents divers. Pourquoi ne brûle-t-il pas toute cette paperasserie qui ne servira plus à rien ni à personne et qui encombre le meuble bas de la bibliothèque ? demande Clairette de loin en loin. Parce qu'il ne jette rien, pourrait-il répondre. Mais il ne répond pas, ne proteste pas – cela les entraînerait trop loin –, et le meuble bas de la bibliothèque continue d'être encombré par des papiers sans intérêt (*dixit* Clairette). Dans cette petite guerre à propos de ces archives inutiles et ridicules (*dixit* Clairette), chacun a sa stratégie et campe sur ses positions : Claire Douhet asticote, revient périodiquement à la charge et, à ces assauts, Charles se contente d'opposer cette volonté têtue, inébranlable, ce silence compact dont il a le secret.

Il a étalé son fatras sur la table, il ne cherche rien en particulier, il est un grand saumon qui remonte frayer à sa source. Il feuillette, il compulse, il tourne des pages, il s'arrête quand une notation qu'il a jadis soulignée en rouge attire son attention. Il vient de tomber sur la définition de *casus belli* qu'il se souvient d'avoir enseignée en cours d'histoire à ses élèves de terminale. Il la lit : *Acte de nature à provoquer une déclaration de guerre, à déclencher les hostilités entre deux Etats. Cf. Larousse.*

Il demeure là, à contempler la phrase signalée jadis par le coup de crayon rouge : elle lui donne à réfléchir. Il a beaucoup aimé l'histoire, il en connaît tous les dessous et les ressorts, il en a étudié les mécanismes, il pourrait citer la nature de l'acte qui a entraîné telle ou telle conflagration, actionné les effroyables rouages de la guerre, mis en branle des armées et précipité des peuples dans le chaos. Mais ce n'est pas cela qui le tient si douloureusement pensif face à cette petite phrase du Larousse qu'il vient de relire. Il lui semble qu'elle n'est pas anodine et cherche à lui apprendre quelque chose bien au-delà de son sens premier. Ou peut-être est-ce lui qui cherche à lui faire dégorger une signification plus vaste et à la fois plus secrète.

Charles Douhet est en train de découvrir que l'histoire d'une famille peut se rapporter, se comparer – toutes proportions gardées – à l'histoire d'une nation. Tout se joue alors à l'échelle privée et de manière feutrée, mais tout y est : tensions, rapports de force, camouflage des informations, conflits, ruptures, tyrannie, soumission, rébellion.

Au sein de chaque famille, à tout moment, peut survenir le *casus belli*.

Il referme son dossier, il n'a plus envie de poursuivre son vagabondage à travers ses notes. Il lui semble qu'il vient de faire une mauvaise rencontre, une rencontre de hasard qui a altéré son humeur. Il pressent que ce *casus belli* et les échos que cette locution vient d'éveiller en lui ne le lâcheront pas de sitôt. Qui sait si Clairette n'a pas raison ? Après tout, peut-être vaudrait-il mieux brûler toutes ces paperasses et faire enfin place nette.

*

J'aurais tant aimé avoir un ou deux petits-enfants à bercer, à choyer et à câliner, Seigneur. Mais je ne connaîtrai pas cette joie, je dois m'y résigner. Virginie est trop vieille à présent, elle a passé l'âge de procréer et d'ailleurs, pour ce que j'en sais, elle n'a plus d'homme, elle a choisi de vivre en louve solitaire. Sans compter que la maternité ne l'a jamais intéressée, chaque fois que nous abordions le sujet elle éludait avec un haussement d'épaules.

Pas question pour elle de se consacrer, de se dévouer à un autre être. C'est une fieffée égoïste, Vous la connaissez, mon Dieu, mais elle s'en repentira tôt ou tard, elle finira son existence dans la solitude, ce sera son châtiment. J'ai longtemps insisté pourtant, je lui représentais tous les bonheurs dont elle se privait mais elle le prenait de haut, elle me disait : Donner la vie, c'est aussi donner la mort, je m'y refuse absolument. Je ne pouvais pas admettre cette façon de voir les choses, je protestais que si tout le monde pensait de la sorte, l'humanité serait éteinte depuis belle lurette. Mais aucun argument ne la démontait, pour ce qu'elle vaut l'humanité, disait-elle, elle peut bien disparaître, ce ne sera pas un grand dommage. Je me suis souvent demandé d'où lui venaient ce désenchantement, ce pessimisme noir qui lui inspiraient ce genre d'idées. Maintenant, elle a plus de quarante ans, le problème est réglé, nous n'en parlons plus.

Bien sûr, mes espérances se sont tournées vers Christophe quand j'ai compris qu'il n'y avait aucune chance avec Virginie. Et là, nouvelle déception, nouveau motif à désespérer : sa femme, la Sandrine, est stérile. Il n'a pas osé me l'avouer lorsque la chose s'est trouvée avérée par une série d'examens médicaux, il voulait me ménager, c'est un bon garçon, Vous le connaissez, Seigneur. Moi, je l'interrogeais, chaque fois que je lui parlais au téléphone ou que nous avions le bonheur de nous voir en aparté, je lui posais la question de l'enfant. Mais il louvoyait, il me faisait des réponses embarrassées qui ont fini par me mettre la puce à l'oreille. Il a fallu que j'évoque une possible stérilité de l'épouse pour qu'il reconnaisse enfin que tel était bien le cas. Je Vous assure, mon Dieu, que ce fut un rude coup, j'ai mis des jours à m'en remettre. Faut-il que le sort nous soit contraire pour avoir d'un côté une fille rétive à la pensée même de la maternité et de l'autre un garçon qui tombe sur une femme sans entrailles !

*

Aujourd'hui est un jour où Charles Douhet n'a rien trouvé dans la maison à réparer, rafraîchir ou réhabiliter. Même les objets n'ont aucun besoin de lui et semblent se liguer contre lui.

Il erre d'une pièce à l'autre, il tourne en rond.

Aujourd'hui, par deux fois déjà, Claire Douhet a envoyé Charles sur les roses. Elle se plaint, elle s'impatiente de "le trouver sans cesse dans ses jambes". Cela doit participer des heurs et malheurs de la vie de retraités. Vieillir à deux dans un univers qui semble s'étrécir jour après jour. S'attacher à des occupations dérisoires, sans réelle nécessité, constater que les gestes deviennent plus lents, moins sûrs, s'insupporter de devoir partager avec l'autre un maigre territoire et, pour finir, se le disputer. *Casus belli* que cette cohabitation forcée de tous les instants, songe amèrement le sauveur de papillons.

La famille Douhet a-t-elle jamais été en guerre ? se demande-t-il pour aussitôt écarter cette question qu'il juge déplacée, grotesque, inique. Mais une autre, plus sournoise, plus perfide, se substitue à celle qu'il vient d'évacuer. La famille Douhet est-elle pour autant en paix ? Non, honnêtement – et Charles Douhet, comme on le sait, est honnête –, non, se dit-il, ce n'est pas la paix. Alors ? La guerre d'escarmouches ? La guérilla ? La guerre d'usure ?

Charles Douhet tourne en rond dans la maison et dans ses pensées, il n'en peut plus. Il éprouve soudain le besoin d'aller s'aérer, de marcher un peu. Il enfile son pardessus, décroche son chapeau de la patère et annonce qu'il sort.

*

Christophe Douhet a tergiversé tant et plus mais, après trois ans de mariage et d'inquisition maternelle, il s'est trouvé acculé, il a dû convenir que la stérilité de Sandrine leur interdisait tout espoir d'enfant.

Alors même qu'on se livrait sur elle à une série d'investigations pénibles et humiliantes, Sandrine l'avait dûment chapitré : rien ne devait transpirer à ce sujet, elle lui défendait d'en parler à sa famille. Pendant des mois il a tenu le secret mais il ne pouvait le tenir toujours : Christophe est pareil à un vase aux parois trop poreuses qui tôt ou tard laisse échapper son contenu. Se trouver pris entre le marteau et l'enclume, lié qu'il était par le serment fait à sa femme et harcelé continûment par sa mère lui était devenu proprement “intenable”. Les mots trop longtemps retenus ont fini par franchir le fragile barrage : il l'a dit, on ne peut pas toujours se taire. Et dans la seconde de l'aveu, il a su que Sandrine, déjà si peu appréciée par sa mère, se trouvait disqualifiée à jamais.

Il éprouve de cette situation une double peine. D'abord celle de sentir la dépréciation, la condamnation sans appel qui frappent celle qu'il aime. Puis il est malheureux de décevoir l'attente de Claire Douhet qui aspirait tant à être grand-mère. Elle ne sera pas exaucée puisque, déjà, du côté de Virginie, la cause était entendue : sa sœur n'a jamais fait mystère de son refus d'enfanter et aujourd'hui elle se déclare hors course.

Pourtant, Claire Douhet ne baisse pas les bras, son harcèlement a seulement pris une autre forme, plus insidieuse, plus dangereuse. Mais toi, mon chéri, lui dit-elle, tu es un homme, tu as tout ce qu'il faut pour être père. Est-ce que tu envisages de renoncer ? Et il faut entendre : Est-ce que tu envisages de divorcer ? Oh ! elle ne prononce jamais le verbe funeste, mais elle en dessine les contours, le suggère sous des masques divers ; elle sait comme personne semer les graines du doute et de la discorde. Le père, qui n'est pas loin quand elle tient ce genre de propos, lance alors un "Claire !" dans lequel résonne toute sa réprobation, mais il n'ose pas en dire davantage.

*

A peine avait-elle franchi le seuil de la salle à manger que cette chose accrochée bien en vue sur le mur lui a sauté aux yeux comme un chat sauvage.

C'était le jour du navarin.

Son nom rouge sur fond gris, ce plan du générique de son documentaire, photographié et démesurément, ridiculement agrandi, puis mis sous verre dans un cadre de bois cérusé. Ça, en sus du navarin : elle a failli hurler. Mais il serait malséant de hurler chez les Douhet. Il paraît qu'elle ne s'en privait pas lorsqu'elle était enfant, mais aujourd'hui elle ne peut plus se le permettre.

Elle a tout de même demandé à changer de place sous prétexte qu'elle avait les yeux fatigués et que cette lumière de juillet qui entrait à flots dans la pièce la gênait. Elle s'est donc assise dos à la fenêtre et au mur qui exhibait ce chef-d'œuvre de mauvais goût : un bout de générique encadré.

A l'évidence, l'infime dérogation au rituel a perturbé les parents mais c'était ça ou tourner les talons, remonter dans sa voiture et les laisser en plan avec le navarin.

Ce jour-là, elle a mangé du navarin jusqu'à s'en faire éclater la panse et bu plus que de raison. Sur la route du retour, une brigade volante de gendarmerie l'a arrêtée afin de contrôler son taux d'alcoolémie. Résultat du test : retrait immédiat du permis de conduire pour conduite en état d'ivresse et amende substantielle.

En prime, comme il était l'heure pour son estomac de se soulager après les agapes familiales, elle a vomi sur les souliers du motard qui venait de l'intercepter et lui dressait procès-verbal. La maréchaussée n'a pas apprécié.

*

Plate comme une limande et pas féminine pour un sou, tel est le verdict que Virginie Douhet a pu lire et relire dans le regard maternel au long des années. Ce genre de lecture ne conduit ni n'encourage à la confiance en soi.

Et Claire Douhet qui fait fi de toute logique quand elle veut parvenir à ses fins prétendait qu'elle embarque un corps pareil dans l'aventure de la maternité. Si la tentation de cette aventure, éveillée peut-être par l'instinct animal, a parfois visité Virginie – oh ! pas très souvent –, elle a su très vite l'évincer. Et la raison première de ce refus est qu'elle ne voulait pas faire à sa mère ce cadeau d'un enfant, lui donner cette joie.

Elle n'en dit rien à personne mais son chemin est désormais tracé et sur ce chemin il n'y aura pas d'enfant. Qu'on ne lui parle plus des hommes, de l'amour et de la famille. Elle va se consacrer à son travail, c'est tout ce qui lui reste et c'est tout ce qu'elle veut. Elle prendra des avions, des trains, des taxis, elle dormira seule dans des chambres d'hôtel, elle ira filmer les Inuits, la *matanza* du thon en Sicile, les gays qui s'envoient en l'air à San Francisco. Le père et la mère s'installeront devant le téléviseur, et ils seront émus et ils auront du plaisir à voir son nom – leur nom – s'inscrire à nouveau sur leur écran. Elle leur donnera des films à défaut de petits-enfants, il faudra bien qu'ils s'en contentent.

*

Encore une fois, Charles et moi nous sommes disputés à cause de Virginie. Ça ne cessera donc jamais, mon Dieu ? Ce père qui se met en quatre chaque fois que vient sa fille et lui sort ses meilleures bouteilles, je veux bien, je peux même comprendre et approuver. Mais si elle est aujourd'hui privée de permis de conduire et bien embêtée pour ses déplacements, la faute en revient à Charles, je ne le lui ai pas envoyé dire. Moi, tout au long de ce repas, je surveillais le niveau des verres qu'il lui servait, et elle, je la rappelais sans cesse à la tempérance, sa santé, son bien-être sont mes seuls soucis, Vous me connaissez, Seigneur. Et puis je craignais qu'elle n'ait des ennuis avec la police de la route si on venait à la contrôler. Ça n'a pas manqué, ils l'ont prise en état d'ivresse à cinq kilomètres d'ici. Elle nous a appelés d'un poste de secours pour nous informer que son permis venait de lui être confisqué et qu'elle ne pouvait plus conduire. Il fallait aller la récupérer, convoyer son véhicule jusqu'à un garage et que sais-je encore. C'est Charles qui a pris la communication, il est parti comme un fou, il n'a pas eu le temps de me donner le détail.

J'ai passé le reste de l'après-midi à me morfondre ici et quand Charles est rentré, il n'avait pas l'air fiérot, je Vous le garantis. Je n'ai pas voulu l'accabler, il savait assez qu'il était pour moitié responsable des ennuis de Virginie, mais je lui ai tout de même conseillé de mettre ses bouteilles à vieillir car à présent qu'elle est interdite de conduite, ce n'est pas demain que nous aurons la visite de notre fille.

*

Est-il possible d'espérer traverser les âges sans se blesser, sans se meurtrir, sans s'écorcher le cœur aux aspérités de l'existence ? Est-il sage de vouloir donner la vie si vivre implique d'inéluctables blessures, meurtrissures et souffrances ?

Au début de sa vie d'homme, Charles Douhet ne se posait pas ces graves questions.

Celui qui s'élance avec la foi de la jeunesse, que l'amour porte et que cet éblouissement, cette cécité magnifique empêchent d'entrevoir les charmes vénéneux du futur est bien incapable de militer contre son propre instinct : la sagesse et l'espérance ne coexistent jamais dans la même catégorie.

A vingt ans, à trente encore, il espérait et il était sourd aux suggestions, aux injonctions de la sagesse. Aujourd'hui, il ne l'est plus, l'expérience a mouché la plupart de ses illusions, lui a raviné l'âme et le cœur : les questions graves, il peut se les poser, il se les pose. Et sa réponse, bien qu'informulée, bien qu'elle demeure secrète et lovée en lui, peut se résumer dans le soulagement qu'il éprouve à la pensée que sa postérité s'éteindra avec Christophe et Virginie.

Hélas, il n'en va pas de même pour Clairette. De la même façon qu'elle s'est acharnée naguère sur la fille et dans le même but, elle s'acharne à présent sur le fils. Maintes fois déjà il l'a entendue suggérer au garçon – à mots couverts, bien sûr – la solution du divorce. Elle, si pieuse, comment peut-elle prescrire un "remède" que sa religion réprouve et condamne ?

*

Sitôt que Christophe a eu vent des suites problématiques de la rencontre de sa sœur avec la gendarmerie, il s'est mis à sa disposition. Quand on a l'avantage d'être son propre patron, on gère son temps à sa guise et donc il pouvait lui rendre ce service, a-t-il affirmé. Virginie a bien tenté de protester qu'elle ne voulait pas causer de dérangements, qu'elle pouvait utiliser des taxis, il n'en a pas démordu : Ce sera un plaisir, princesse, nous ne nous voyons pas si souvent. Allons, ne te fais pas prier. Il a tellement insisté qu'elle a fini par céder. Il sera son chauffeur, il suffit qu'elle l'appelle, il viendra.

Par conséquent, il vient, il passe la prendre à son domicile, il la conduit à l'aéroport, à la gare, à un rendez-vous important. Chaque fois qu'elle le sollicite, il s'arrange pour se rendre disponible.

Il conduit une fourgonnette utilitaire à l'arrière de laquelle s'entasse un fouillis de cartons et de boîtes où béent des dentiers et bougeottent toutes sortes de prothèses à livrer ou en attente de quelque nouvel ajustage.

— Désolé, princesse, mon carrosse n'est pas digne de vous mais il faudra faire avec, a annoncé Christophe lorsque, pour la première fois, il a invité sa sœur à monter dans son véhicule.

Elle a su qu'il était ému : ce ton de dérision lui était étranger, elle ne pouvait s'y tromper.

Leur première course a été pour eux l'occasion de se redécouvrir ; ils y allaient avec prudence, il ne fallait pas brûler les étapes de l'apprivoisement.

A présent, tout malaise est dissipé, le temps du trajet ils parlent, ils s'entretiennent de choses et d'autres même s'ils s'astreignent à éviter les sujets délicats. Quand la route est mauvaise, les secousses provoquent dans leur dos de menus chambardements et les prothèses se manifestent.

— Tes dentiers caquettent, remarque Virginie.

— Pas étonnant, ils sont destinés à de vieilles commères.

Ils rient. Ils sont dans la confiance restaurée, encore fragile, dans le plaisir d'être ensemble.

Le frère et la sœur se parlent et rient beaucoup. Ils commencent à prendre goût à ces courses qui les réunissent pour un quart d'heure, une heure, davantage parfois. Ils ne se l'avouent pas mais un jour Christophe demande :

— Tu es "suspendue" pour combien de temps déjà ?

— Trois mois.

— Ah ?... Ils auraient dû t'en mettre pour six mois, tu étais bien pompette ce jour-là, à ce qu'on m'a dit.

— Je te remercie, mais trois mois me paraissent bien suffisants.

— Dommage. Je ferais bien le chauffeur à vie, pour toi, princesse.

— Tu es gentil, Christophe, tu es un ange, merci.

Est-ce d'avoir prononcé ce mot, "ange", soudain sa mémoire se fracture sous la poussée des images, les visites angéliques de son frère, le pardon, la poubelle, et tout ce qui est resté enfoui, retenu pendant plus de trente années exige soudain d'être révélé, partagé. L'aéroport est encore loin, elle se racle la gorge et dit :

— Moi, je n'ai pas toujours été très gentille avec toi, tu sais.

— Comment ? Pourquoi ?

— J'étais très jalouse quand tu es né, je ne voulais pas de toi. Un jour, tu avais deux mois, trois mois peut-être, je t'ai fourré dans la poubelle.

Et Christophe s'esclaffe, comme à l'énoncé d'une blague.

— Ça te fait rire ?

— Oui, je trouve très drôle d'avoir été jeté dans une poubelle comme un pot de yaourt vide ou un quignon de pain rassis.

— Notre mère ne trouvait pas ça drôle du tout. Moi non plus, d'ailleurs.

— Et tu as pris la raclée du siècle, je suppose ?

— Pas du tout. Elle ne m'a jamais punie et ne m'a jamais pardonné.

— Tu charries…

Cette fois Christophe ne rit plus du tout.

— Hélas, non. Elle a choisi de m'abandonner au remords et ce remords a empoisonné toute mon enfance.

*

La fourgonnette fonce, toujours brinquebalante, sur une route ou une autre. Dans l'habitacle, le frère et la sœur progressent dans l'apprivoisement réciproque. L'indiscrétion n'est pas le fort de Christophe, et puis, Virginie l'intimide. Pourtant, il se lance soudain, il demande :

— Es-tu heureuse, princesse ?

Elle réserve sa réponse pendant quelques secondes et dit enfin :

— Crois-tu que le bonheur soit une ambition raisonnable ?

— Tu te défiles, tu ne réponds pas.

— Mon métier me procure beaucoup de satisfactions.

— Des satisfactions, c'est peu…

— C'est tout. Mes deux mariages ont été des associations. Puis je me suis aperçue que je n'avais pas besoin d'associé et me voici libre, tu trouves que c'est peu ?

— Tu es une drôle de bonne femme, princesse. Mais j'aime ton travail, je suis fier de toi.

*

Christophe et Virginie ne se quittent plus. Pour un oui pour un non, elle le sonne comme un larbin et il accourt, il est aux ordres de sa "princesse". Tout ça ne me dit rien qui vaille, mon Dieu, il n'en sortira rien de bon, j'en mettrais ma main au feu. Ce qu'ils se disent, ce qu'ils complotent tout au long de ces trajets en voiture, je n'en ai pas la moindre idée. Mais avec la boiteuse, on peut tout craindre et on est encore loin du compte. Elle a si bien entortillé son frère qu'il n'a plus une minute à lui, je veux dire plus une minute à nous accorder. Déjà, ses visites étaient rares à cause de sa femme, cette Sandrine, mais à présent, quand il passe, c'est en coup de vent, un vrai courant d'air. Tenez, hier, il rapportait à son père le taille-haie qu'il avait emprunté la semaine dernière, eh bien, il n'a même pas daigné descendre de voiture, il a klaxonné devant le portillon et Charles a dû aller récupérer l'outil en question. Il avait une livraison urgente, il ne pouvait pas s'attarder. Des mauvais prétextes, des excuses qui ne tiennent pas debout, voilà ce qu'il nous sert maintenant. Il est à bonne école, pas de doute, sa sœur doit le monter contre nous, qui sait ce qu'elle a bien pu lui raconter, Seigneur, pour nous le changer à ce point, je ne reconnais plus mon Christophe…

*

Virginie songe que le dialogue n'a jamais été un exercice très pratiqué dans sa famille. Informations ou interrogations triviales, échanges à ras de quotidien constituaient l'essentiel des propos qui ne méritaient pas d'être qualifiés de conversation.

Chez les Douhet, on disposait d'une cagnotte de mots utilitaires, pas plus d'une cinquantaine, et chacun y puisait quand la nécessité s'en imposait. Qu'est-ce qu'on mange à midi ? (C'était Christophe qui, à l'adolescence, dévorait comme quatre et se souciait fort du devenir de son estomac.) Le facteur n'est pas passé aujourd'hui. (Bien sûr, le jour était férié, mais Charles-le-distrait l'avait oublié.) Où as-tu mis la salière ? Il n'y a plus d'eau minérale. Il n'a pas plu, le jardin souffre, il va falloir arroser. Et cætera, et cætera…

Mais de vraie conversation animée par le désir de se comprendre, d'établir des liens, point, jamais. Ce décryptage progressif et si nécessaire du monde qu'interdisait le laconisme familial, la fille, très tôt, est allée le chercher dans les livres. Petit à petit, elle s'est entourée d'une famille d'élection constituée des écrivains qu'elle aimait ou admirait. Un auteur représentait pour elle beaucoup plus qu'un nom, un style ou un univers : c'était une voix qui s'adressait à elle sur le ton de la confidence, lui faisait part de son expérience de la joie ou de la douleur et levait parfois le voile sur ce qui lui demeurait opaque. Elle était, à cet âge, si altérée d'échanges qu'entre les pages du livre élu elle fixait des rendez-vous illicites et délicieux à son auteur, lequel devenait alors un interlocuteur privilégié, un ami, un mentor, un maître à penser.

Oui, Virginie a eu de longues conversations privées, muettes et riches d'enseignements avec les maîtres de la littérature. Ces relations livresques n'étaient pas du goût de Claire Douhet qui naguère les jugeait dangereuses, voire subversives, il a fallu qu'elle les protège, qu'elle défende sa passion de lectrice contre les menées maternelles.

Aujourd'hui, elle s'émerveille de pouvoir converser avec son frère. Après tant d'années, elle découvre le plaisir de se dire et d'écouter, de se mettre au diapason d'un autre être, de se glisser dans le moelleux d'une complicité fraternelle.

Tout compte fait, pour invalidant qu'il soit, ce retrait de permis aura été une aubaine pour le frère et la sœur. Les gendarmes qui ont verbalisé leur ont rendu un fier service.

*

— Mais tu es très en avance, je ne suis pas prête ! s'écrie-t-elle quand elle ouvre la porte et découvre son frère qui rit dans l'ombre du palier, son frère-loup au sourire si blanc.

— Je sais, je sais. J'avais envie d'un peu de récréation, alors je suis venu plus tôt, c'est tout.

Christophe doit conduire sa princesse à la gare, le train ne partira que dans deux heures, ils ont le temps. Il dit :

— Tu m'offres un café ?

— Bien sûr. Justement, j'allais m'en faire. Installe-toi sur la terrasse, il fait si beau. Je mets la machine en route et j'arrive.

Il fait si beau qu'il se dirige vers la balustrade et s'y appuie des deux mains ; de là, au huitième étage de l'immeuble, on jouit d'une position dominante et l'on peut embrasser le panorama qu'offre la petite ville.

Elle arrive avec le plateau du café qu'elle abandonne en chemin sur la petite table de rotin et rejoint son frère au bord de la terrasse. Il doit être plus de midi, le soleil à son zénith embrase le bleu du ciel.

— C'est drôle, dit Christophe, à voir de si haut tous ces toits qui se serrent les uns contre les autres, on a l'impression que les maisons ont peur. Lorsqu'on circule dans les rues, on ne s'en aperçoit pas, mais d'ici, ça saute aux yeux.

— L'urbanisme est une affaire d'hommes. Ce sont les hommes qui ont peur et obéissent à l'instinct grégaire.

— C'est juste, murmure-t-il. Mais il ne peut détacher son regard du spectacle fascinant de ces toits frileusement regroupés, quartier par quartier, autour du clocher de leur église.

— C'est une ville provinciale où l'on croit toujours que Dieu veille au grain et que vivre à proximité de sa maison protège des calamités, remarque-t-elle encore.

Mais parce qu'il fait beau, elle ne parvient pas à s'intéresser vraiment à la peur des maisons ou à celle des hommes, et moins encore à un Dieu capable de l'exorciser.

Parce qu'il fait beau, parce qu'ils sont là, côte à côte sur cette terrasse qui surplombe la petite cité, parce que le soleil aujourd'hui ne se laisse pas ignorer, une scène ancienne lui revient soudain. Elle est debout près de son frère sur le toit de la remise, là-bas dans le jardin paternel, elle lance vers le ciel une pelote de ficelle.

— Tu te souviens de ce jour où nous avons essayé d'attraper le soleil ? demande-t-elle.

— Pardi, comment l'oublier ? Tu voulais te moquer de moi, éprouver ma candeur, hein, c'était ça ?

— Non, même pas. C'était une de ces idées poétiques que j'avais à l'époque, il fallait la mettre en œuvre, qu'elle devienne poème. Mais le poème m'a échappé, c'est toi qui l'as écrit.

— Moi ? Comment ça ?

— Quand la ficelle est retombée, tu as dit : Elle est trop courte. J'en suis restée suffoquée.

— Franchement, je ne vois rien de poétique là-dedans.

— Pourtant, c'était la poésie de l'innocence. Ces mots contenaient toute ta foi.

— Là, je suis d'accord. A l'époque, je croyais tout ce que tu me disais. Tu pouvais m'embarquer sur n'importe quel bateau, je te suivais.

Ils se sont détournés des maisons apeurées en contrebas, ils les ont oubliées. Ils se parlent, face à face, la hanche appuyée à la balustrade.

— C'est vrai, tu m'as toujours fait confiance.

— Je te fais toujours confiance, princesse.

— Mais, dis-moi, puisque tu croyais qu'on pouvait décrocher le soleil et le ramener jusqu'à nous, qu'en aurais-tu fait ? Tu avais bien une petite idée…

— Bien sûr, je me disais : Quand on l'aura attrapé, on l'offrira à maman et papa.

Elle le regarde comme elle le regardait ce jour de juin sur le toit de la remise et elle constate que l'architecture de ce visage d'homme, ouvrage du labeur, du labour des années, vient d'être abolie dans l'instant de cet aveu : c'est le garçonnet qui a parlé, celui qui voulait faire offrande du soleil à ses parents, c'est le petit frère, nu, ingénu et lumineux.

Pourtant, cet aveu qui lui livre un Christophe dépouillé de tous ses âges la place dans l'inconfort de la contradiction car en même temps qu'il l'attendrit et lui rajeunit l'âme, il lui cause un déplaisir violent, difficile à juguler. Un sarcasme – une de ces phrases habillées d'ironie cruelle dont elle possède tout un stock – tente de se frayer un chemin jusqu'à ses lèvres, mais elle lui interdit le passage, le congédie ; sa main quitte l'appui de la balustrade, s'élève vers la joue du frère, y trace une caresse tandis qu'elle laisse voix à sa tendresse :

— Tu es comme le soleil, Christophe, tu n'as pas changé.

*

C'est devenu l'idée de Clairette, une idée fixe : les voyages. Elle répète qu'il faut partir, peu importe la destination, le monde est vaste et ils n'en connaissent à peu près rien. Elle pointe le fait que les visites des enfants se raréfient, à quoi bon rester là, à les attendre, à étouffer entre ces quatre murs, cela ne rime à rien. Elle rappelle qu'ils ont trimé tout au long de leur vie, qu'ils ont assez payé de leurs personnes, leur tour est venu de penser à eux, de s'accorder quelques plaisirs. Elle affirme qu'il y a des voyages très bien organisés pour les gens de leur âge. Elle en connaît qui prennent des bateaux, des avions et partent au bout du monde, elle cite des noms, des exemples : les Mattéi viennent de rentrer d'un séjour au Canada, les Binet s'apprêtent à s'envoler pour les îles Canaries, ceux-là au moins profitent de leur retraite, ils ont su s'adapter, changer leur mode de vie.

La table du salon est couverte de brochures et de catalogues distribués par les opérateurs spécialisés dans le dépaysement à petits prix. Clairette les compulse à longueur de temps et s'extasie devant les images de paradis lointains sur papier glacé. De loin en loin, elle interpelle Charles : est-ce qu'un circuit en Egypte ne le tenterait pas, elle-même a toujours rêvé de voguer sur le Nil, de visiter les temples de Louxor… Ou un petit saut à Istanbul, juste pour un week-end, une semaine, pas davantage ? Elle lit à voix haute les descriptifs des prestations proposées par les voyagistes mais ne réussit pas à susciter l'intérêt de son mari, moins encore son enthousiasme.

Charles Douhet n'a jamais pris l'avion, il en a peur. C'est une peur insurmontable, presque enfantine, dont Clairette, jadis, se moquait gentiment. Aujourd'hui elle s'en irrite, ne trouve aucune excuse à cette appréhension injustifiée, ridicule. Elle signale avec un peu d'aigreur que les probabilités de mourir en voiture sont plus grandes que celles de périr dans un accident d'avion. Elle l'accuse d'être un casanier, un pantouflard qui n'aspire qu'à vivre le train-train domestique et à le préserver. Charles ne proteste pas, ne se défend pas. Derrière les propos de sa femme, derrière son désir d'ailleurs et d'exotisme, il entend : Tu ne me suffis plus, je m'ennuie près de toi, mes yeux t'ont absorbé, je ne te vois plus, j'ai besoin de nouveauté, d'inconnu.

Et une croisière en Méditerranée ? On embarquerait à Marseille, on ferait les îles grecques, le Péloponnèse, ce serait merveilleux, non ?

Charles Douhet ne dit mot mais il se rembrunit. Il a toujours eu horreur de ces gens qui ont "fait" ou qui projettent de "faire" les Antilles, le Mexique ou les fjords de Norvège. Le verbe "faire" utilisé en cette occurrence lui paraît impropre, aberrant, vulgaire : une trouvaille née avec le tourisme de masse. Que Clairette continue donc à feuilleter ses livres d'images et à tirer des plans sur la comète : lui, il ne "fera" rien.

*

Mon Dieu, je ne voudrais pas mourir sans avoir vu Venise. J'ai lu quelque part que cette ville est taillée dans la pâte du rêve et tous ceux qui en reviennent en sont d'accord, ils n'ont pas assez de mots pour dire leur ravissement. Mais Charles est aussi réfractaire à l'idée de Venise qu'à celle de Kuala Lumpur. Toutes mes suggestions, aussi variées soient-elles, tombent dans l'oreille d'un sourd.

Désirer connaître Venise Vous paraît-il un vœu exorbitant, mon Dieu, alors qu'aujourd'hui il n'y a quasiment plus de frontières et que se déplacer d'un point à un autre est devenu un jeu d'enfant ? Charles pose sa peur de voyager en avion comme l'obstacle majeur à ce séjour dans la cité des Doges. Suis-je responsable de ses phobies, suis-je obligée d'en pâtir, Dieu du ciel ? Notez que rien ne nous empêcherait de nous rendre à Venise en train mais cela il ne veut pas l'entendre, il ne daigne même pas prendre en compte mes efforts de conciliation, il se conduit comme un champion de la mauvaise foi.

Et nous restons là, prisonniers de nos cent cinquante mètres carrés, à nous morfondre comme un couple de babouins dans la cage d'un zoo, lui à consulter ou à classer indéfiniment ses paperasses, moi à rêvasser sur les brochures que je ramasse dans les agences de tourisme. Mais un jour la coupe sera pleine et, s'il ne se décide pas, je partirai seule, pardonnez-moi, Seigneur, mais j'y songe sérieusement. On ne peut pas toujours se soumettre au désir ou à la volonté de l'autre, si fort qu'on l'aime. Il faut que chacun y mette du sien et fasse des concessions, un couple ne peut survivre qu'à cette condition.

Le pire est que personne ne me prend au sérieux. Christophe m'a ri au nez l'autre jour lorsqu'il a su que j'envisageais de partir en voyage sans son père. Et pourquoi pas ? Si Charles persiste dans son refus de m'accompagner, je pourrais me joindre à un groupe, on m'a assuré que certaines officines en constituent régulièrement. Je ne force personne, moi, Vous me connaissez, Seigneur, mais la patience et le dévouement ont des limites et je suis à bout. Charles en est maintenant averti : s'il ne veut pas me suivre, je partirai sans lui.

*

— A quelle heure le décollage de ton avion, princesse ?

— Seize heures cinquante. Mais nous devons être à l'aéroport une heure avant le départ pour les formalités d'enregistrement.

— Tu sais que maman s'en va, elle aussi ?

— Quoi ?

— Oui, elle part pour Venise après-demain. Elle y restera une dizaine de jours.

— Attends… tu veux dire qu'elle part sans papa ?

— Exact. Elle n'a pas réussi à le convaincre de la suivre et elle a dû se résigner à rallier un de ces groupes de septuagénaires que les voyagistes lancent comme des billes sur la place Saint-Marc.

— Ce n'est pas possible… je rêve. Et papa, que dit-il de cette petite fronde privée ?

— Il ne prend pas trop mal la chose, enfin, c'est l'impression qu'il m'a donnée.

— Mais comment va-t-il se débrouiller, lui qui ne sait même pas comment allumer la cuisinière ?

— Il dit qu'il prendra ses repas au restaurant, qu'il n'y a aucun souci à se faire.

— Il faudra quand même aller le voir, Christophe, vérifier qu'il ne manque de rien.

— J'irai, princesse, je passerai tous les jours, ne te tracasse pas.

*

Mais elle se tracasse. L'hôtesse vient de déposer sur sa tablette un plateau de nourritures aseptisées, conditionnées sous cellophane et rangées dans leurs alvéoles de plastique, le hors-d'œuvre, la viande froide, le fromage, un dessert, la boisson, tout y est mais rien ne la tente, elle n'a pas faim. Elle rappelle l'aimable personne et la prie de retirer le plateau intact.

Elle pense à son père qui se retrouvera seul dans deux jours, aux prises avec un quotidien qu'il est bien incapable de gérer. Comment se nourrira-t-il ? se demande-t-elle. Elle ne croit pas à la fable du restaurant.

Elle songe à la mère qui l'a appelée l'avant-veille et l'a abreuvée de propos sans queue ni tête pendant près d'une heure mais s'est bien gardée d'évoquer son projet de voyage. Pourquoi n'a-t-elle rien dit ?

Virginie Douhet intercepte l'hôtesse qui passe dans la travée et lui commande un double whisky sec.

*

Et le voici seul : Charles Douhet, gardien du temple que ses fidèles ont déserté.

Jusqu'alors, la solitude lui était une expérience étrangère : trois quarts de siècle à exister en compagnie des autres, à se mouvoir sous le regard des autres, à vivre, il faut bien le dire, dans une représentation de soi-même destinée aux autres. Excepté les vingt minutes quotidiennes qu'il a accordées à sa toilette au long des années, il ne s'est jamais trouvé seul dans une pièce ou dans quelque autre espace. Entouré de ses frères et sœurs – ils étaient nombreux – pendant l'enfance, de ses collègues dans la salle des professeurs, face à ses élèves en classe et ici, où il vit depuis plus de quarante ans, sous le contrôle et dans l'affection des siens, Clairette, Virginie, Christophe.

La solitude comme une disposition nouvelle de la donne autour de lui, comme un constat de son éloignement du monde. Que ressent-il ? Il ne le sait pas encore, il ne saurait dire si cet état lui est pénible ou non, s'il est capable d'en jouir ou s'il le redoute. Il est vrai que sa solitude vient de naître – elle a deux jours à peine – et que lui, si vieux monsieur, ne peut prévoir les développements ultérieurs de sa cohabitation avec ce nourrisson. Pourtant, déjà il lui semble qu'une main bienveillante vient de trancher les mille et un liens qui arrimaient Gulliver Douhet au sol, il n'est plus retenu que par quelques attaches qui l'empêchent de s'envoler comme un ballon gonflé d'hélium.

Bon, il est seul. Il ne s'est pas rasé ce matin, non par omission ou par négligence mais parce qu'il en a décidé ainsi. Autre résolution de peu d'importance mais à laquelle il compte bien se tenir : de toute la semaine il n'allumera pas la télévision, ne la regardera pas.

Il apprend vite, Charles Douhet. Il a compris qu'il peut vivre selon ses propres rythmes, laisser la bride à sa fantaisie, à ses humeurs. Il se voit soudain exonéré de toute obligation, de toute contrainte, il lui semble qu'il vient de détecter un trésor dont il ne soupçonnait pas l'existence : est-ce là la liberté ? Tandis qu'il va d'une pièce à l'autre, ouvre des portes, les referme, il s'observe, il s'épie : il ne tourne plus en rond, non, c'est différent, il se déplace selon des parcours inusités comme s'il habitait un corps nouveau et que ce corps obéissait aux injonctions d'un autre cerveau que le sien. Ce n'est pas désagréable. De n'être plus observable à merci, comptable de chacun de ses actes ou mouvements, l'emplit au contraire d'un sentiment d'alacrité, pour un peu il léviterait – les dernières entraves de Gulliver ont-elles été sectionnées ? –, il se sent si léger soudain.

Bon, il est seul, tout étonné que sa pensée n'aille pas rejoindre Clairette dans le dédale des placettes et des canaux vénitiens. Il ne pense plus en époux et en père de famille. Sa pensée s'est métamorphosée, elle se comporte en petite personne indépendante et capable d'une certaine morgue. Doit-il s'en inquiéter, s'en effrayer ?

Le vertige menace Charles Douhet : trop d'air d'un coup et cette vacuité enivrante, cette conscience de s'être enfin rejoint, de se trouver en parfaite adéquation avec soi-même. A-t-il trompé son monde pendant soixante-quinze ans ? N'est-on vrai que dans les moments où l'on est exempté de la présence et du regard d'autrui ?

Bon, il est seul et maintenant il a faim. Ce matin, avec sa barbe de deux jours, il est allé chercher son pain à la boulangerie et il y a dans le réfrigérateur de quoi faire bombance : en épouse responsable et avisée, Clairette a fait le plein de victuailles avant son départ. Il attrape un camembert, rompt la baguette encore croustillante, s'ouvre une bonne bouteille. Attablé dans la cuisine, il mange son fromage à même la boîte, avale une lampée de vin, un régal !

Bon, il est seul et il ne s'en trouve pas si mal. Tout bien pesé, se dit-il, la solitude a du bon.

*

Je préfère être franche avec Vous, Seigneur, j'espère que Vous ne m'en tiendrez pas rigueur : les églises ne sont pas ce que Venise offre de plus remarquable. Ce sont des édifices massifs, sans grâce, et lorsqu'on y pénètre on n'y voit goutte tant le contraste est violent avec l'extérieur où la lumière est d'une présence incomparable. Ici, la beauté ruisselle de partout, elle vous enveloppe, vous éblouit, à chaque instant, à chaque pas le regard est sollicité pour être bombardé de splendeurs. Ah ! je ne regrette pas mon escapade vénitienne.

Bien sûr, les autochtones se montrent parfois arrogants et nous traitent par-dessus la jambe mais quand on voit ces hordes de touristes qui s'abattent sur la cité, on ne peut leur en vouloir. Mes compagnons, des vieux couples pour la plupart, sont charmants : de bons vivants qui ont toujours le mot pour rire. Charles n'aurait sans doute pas goûté leurs plaisanteries et leur gaieté un peu bruyante, il n'est pas fait pour cette promiscuité constante avec les membres d'un groupe. Tout de même, il me manque. Dix fois par jour j'essaie d'imaginer mon esseulé, là-bas, dans notre maison, et le remords se met à me tenailler mais je l'écarte, je ne le laisse pas altérer mon plaisir. Evidemment, j'aurais préféré le partager avec lui, ce plaisir : s'il en va autrement, ce n'est pas faute d'avoir insisté, Vous le savez, mon Dieu. Alors je prends des photos, je fais ma moisson d'images, j'engrange des souvenirs à l'intention de Charles, c'est le moins que je puisse faire, n'est-ce pas ? Dieu du ciel, si Paris vaut une messe, Venise mérite à coup sûr que l'on secoue le harnais conjugal et que l'on s'autorise une petite incartade.

*

Au quatrième jour, Charles Douhet est toujours seul et le malaise commence à poindre. Pas plus que la série de personnages qu'il a proposés aux autres tout au long de sa vie, le Charles authentique – ou pseudo-authentique – qu'il a découvert ne peut lui venir en aide. Il n'a envie de rien, il souffre de l'absence de Clairette, son idylle avec la jeune solitude a tourné court : il sent qu'il ne l'aimera jamais vraiment.

Il est seul dans cette maison, gardien du foyer que Clairette en est arrivée à qualifier de prison et dont elle s'est évadée.

Pourtant, il y a eu ici, entre les murs de cette maison, des rires, des gestes de tendresse, des moments de joie et de partage sans mélange. Les premiers pas de Virginie entre le buffet et le canapé, elle marchait alors comme un petit robot dont la mécanique était encore défaillante mais elle ne boitait pas en ce temps-là… Le premier éclat de rire de Christophe, l'émotion, les sourires de Clairette quand il lui rapportait des fleurs, un bijou, les soirées d'automne consacrées à la couverture des livres des enfants. Et la colombe, cet oiseau immaculé, parfait, offert à Virginie par son oncle Louis. La petite ne voulait pas que sa colombe vécût en cage et pour la satisfaire, lui, le père, avait construit près du garage un colombier coiffé d'un dôme de tuiles vernissées. La peine que ce travail lui a coûtée, il s'en souvient encore Charles Douhet. Mais il se rappelle aussi, il se rappelle surtout la joie de Virginie quand on installa la colombe dans ses pénates. Rourr, rourr, roucoulait-elle du matin au soir. Et puis la colombe cessa de plaire à l'enfant telle qu'elle était. Elle voulait la peindre en bleu. Elle venait de lire un conte – car elle lisait déjà beaucoup à l'époque – où un oiseau bleu fabuleux accomplissait des prodiges et s'imaginait sans doute que la couleur bleue conférerait les mêmes pouvoirs à sa colombe. Il fallut la dissuader, lui expliquer qu'on ne peint pas un oiseau comme on peint une table ou un banc. Charles s'était alors souvenu qu'il savait fabriquer des cerfs-volants et dans l'espoir d'atténuer la déception de sa fille, il lui avait confectionné un grand oiseau bleu selon la même technique. Dès lors, la colombe put poursuivre en toute quiétude ses roucoulades sous son plumage d'origine.

L'oiseau bleu est encore accroché dans la chambre du fond, celle de Virginie. Si on allait le voir, vérifier que tout ceci n'a pas été un rêve ?

Charles Douhet vient de pénétrer dans la chambre occupée autrefois par sa fille. L'oiseau est là, écartelé sur le mur qui fait face au lit. Virginie n'a pas dormi dans cette chambre, dans ce lit, depuis ce jour où elle a quitté la maison, il y a plus de vingt ans. Il s'assoit au bord de la couche, timidement, sans trop peser, et il recommence à creuser. Archéologue de ses fouilles intimes, il excave, il exhume de précieux instants de vie, les époussette, les examine. C'est une tâche qui peut durer car les strates de la mémoire sont profondes, ce travail déclenche parfois des éboulis et alors, devant les tessons d'une réalité fossilisée qu'il vient de ramener au jour, son esprit d'homme vieillissant vacille. Il n'est plus sûr de l'authenticité de ses images, il n'est plus sûr de son souvenir, il aimerait le confronter à celui de Clairette mais Clairette vogue en gondole sur les canaux vénitiens. A certains moments, tout s'effrite, se délite : il croyait saisir de la vie et il ne remue que de la poussière. Pourtant, assis là sur le lit de son enfant perdue, le dos voûté, les yeux fixés sur ses mains qui reposent, inertes, sur ses genoux, il s'efforce encore, il creuse toujours plus profond, il s'adonne tout entier à cette tâche qui peut désespérer et qui le désespère.

*

Il y a trois jours que l'on piétine et la tension monte au sein de l'équipe. Le travail n'avance pas, Virginie le sait bien, elle sent que son caméraman – qui n'est plus Alexandre –, son preneur de son et sa script l'observent sans toutefois se risquer à une remarque. C'est elle qui a établi cette distance, qui répugne à mélanger vie professionnelle et vie privée : pour rien au monde elle n'avouerait ce qui la préoccupe à ses assistants. Mais elle n'est pas dans son assiette et cela n'a pu leur échapper. Ce matin, elle a donné une suite d'ordres suivis de contrordres, il a fallu recommencer toutes les prises une bonne dizaine de fois, on a perdu beaucoup de temps et de pellicule.

Cela ne peut pas durer, elle est incapable de travailler de façon efficace si elle n'a pas sa tête à elle. Et dans sa tête, toutes ses pensées sont tournées vers la France, vers son père, seul là-bas dans la maison familiale. Tant pis pour la chaîne qui a commandité ce documentaire sur les rites funéraires des Dogons, tant pis pour les dépassements dont elle sera seule responsable et qui ne manqueront pas de lui être reprochés. Tant pis pour les blâmes qu'elle va s'attirer, elle ne peut plus vivre avec cette inquiétude, ce venin qu'un affreux pressentiment distille dans son esprit minute après minute.

Elle a pris sa décision, elle vient même de réserver sa place : ce soir, elle prendra le premier vol en partance pour la France.

La pause du déjeuner lui semble le moment opportun pour en informer son équipe. Elle annonce son départ imminent en deux ou trois phrases sèches qui interdisent toute velléité de commentaire ou de protestation. "Je serai de retour dans trois jours, conclut-elle. D'ici là, vous avez quartier libre, profitez-en pour visiter le pays ou vous livrer au farniente, à votre guise."

*

Mon cher Louis,

Il y a des semaines, des mois peut-être que je m'adresse à toi en silence, et à présent que j'ai la plume en main, les mots se dérobent.

Après trois essais infructueux – feuille rageusement arrachée du bloc, froissée et jetée en boule dans la corbeille à papier –, Charles Douhet relit cette entrée en matière et il la juge aussi banale, aussi navrante que celles qu'il vient de rejeter. Certes, il ne s'est jamais distingué par ses dons épistolaires mais ne plus même être capable de rédiger une lettre à son frère, il ne peut l'accepter, c'est là un constat par trop invalidant. Il faut insister.

Il reprend son stylo, se contraint à poursuivre :

Je ne te cacherai donc pas que cette lettre me coûte même si je bénéficie des meilleures conditions pour t'écrire en toute paix et liberté. En effet, je me retrouve seul à la maison depuis quelques jours, seul, vacant et un peu désemparé, il me faut bien l'avouer. Cette solitude est la conséquence de ma répugnance à voyager et si elle m'est pénible, je n'ai qu'à m'en prendre à moi-même car j'ai refusé d'accompagner Clairette à Venise où elle séjourne en ce moment.

Je devine ton petit sourire de biais à la lecture de ces lignes : tu te dis que, de la même façon, j'ai décliné tes invitations réitérées à te rejoindre depuis que je suis à la retraite et que je dispose de tout mon temps. Tu as la part belle et tu peux sourire, mon frère. Sache néanmoins que l'envie m'est souvent venue d'aller passer quelques jours près de toi, une envie toujours contrariée par la pesanteur que l'âge exerce sur mon corps et sur mon esprit. Sous cette pression, mes désirs coulent par le fond et il est vrai que j'ai perdu le goût de me déplacer si peu que ce soit. Clairette n'a sans doute pas tort lorsqu'elle me reproche d'être devenu casanier et de me comporter en vieil ours qui refuse de quitter sa tanière.

Cet aveu qu'il vient de formuler en toute simplicité rameute en Charles Douhet un charivari d'images. Il se revoit à la fin de chaque année scolaire, entraînant ses élèves sur les grands sites historiques, il revoit ces adolescents égaillés sur la plage d'Omaha Beach ou parmi les tombes du cimetière américain près d'Arromanches, rassemblés autour de lui, attentifs, pendant la visite du département consacré à l'Egypte au musée du Louvre. Il partait alors avec sa classe, ayant tout organisé au préalable, le voyage en train ou en car, l'hébergement de son petit monde, et ces excursions qui duraient deux ou trois jours lui procuraient autant de plaisir qu'à ses élèves, elles resserraient leurs liens, les prolongeaient au-delà du cadre rigide de l'établissement. Sa vision de l'enseignement et sa manière de l'exercer bousculaient parfois les méthodes éducatives en usage mais il s'était taillé auprès de la population des élèves une réputation de professeur hors normes et jamais à court d'initiatives. Et s'ils prenaient tant de plaisir à assister à ses cours, c'est qu'ils savaient que tôt ou tard Charles Douhet s'arrangerait pour les faire déboucher sur quelque activité extrascolaire, un voyage, une escapade de quelques jours loin des parents et du lycée.

Et voilà qu'une autre image, plus récente, vient s'imposer à lui. Il y a quelques mois, il a poussé la porte d'une pharmacie avec une prescription médicale, il a tendu son ordonnance à une forme blanche debout derrière un comptoir sans lui prêter vraiment attention, mais l'autre est resté là, la feuille à la main, sans se décider à aller chercher les remèdes. Alors, il a bien fallu qu'il le regarde et le garçon, la trentaine, peut-être l'âge de Christophe, lui souriait, lui disait : Vous êtes bien monsieur Douhet ?... J'étais dans votre classe en seconde, vous nous avez emmenés à Douaumont. C'est un sacré souvenir, monsieur, je n'oublierai jamais cette virée ! D'entendre ces mots, face à ce visage juvénile où se lisait une joie si sincère, lui qui était entré là le corps penché en avant, un peu enchifrené – un vieux monsieur qui venait chercher ses vaccins contre la grippe –, il s'est redressé, ému mais requinqué : le professeur à la retraite et l'ancien élève ont échangé une poignée de main pardessus le comptoir.

Mais à quoi bon se laisser aller à d'aussi oiseuses réminiscences ? Il n'est plus ce qu'il était, c'est le sort commun, il faut l'accepter. N'a-t-il pas entrepris d'écrire à son frère et décidé, cette fois, de mener sa lettre jusqu'au bout ?

Charles Douhet reprend son stylo :

Je me sens vieux, Louis, et inutile, oui. De plus en plus souvent je me tourne vers le passé et alors mon esprit est pareil à une rue de Kyōto au moment du séisme : quand les souvenirs affluent, il subit des ébranlements, il se fissure, c'est le chaos, je ne sais plus. Si je m'interroge sur le sens de ma vie, de toute vie, tout chavire, je ne suis plus sûr de rien. Autrefois je trouvais déraisonnable, voire un peu inquiétant, que tu refuses de fonder une famille et la seule idée que tu vivais en solitaire m'affligeait. Aujourd'hui, je me demande lequel de nous deux a fait le bon choix : toi qui as opté pour le célibat ou moi qui ai voulu m'unir à une femme et lui faire des enfants. Tu me diras que les jeux sont faits et qu'il est vain de se poser aujourd'hui une pareille question. Mais tu es mon aîné de trois ans et tu as acquis, me semble-t-il, cette sérénité à laquelle j'aspire mais que je suis incapable d'atteindre. En somme, j'ai le sentiment d'être passé à côté de tout et de n'être arrivé à rien.

Je dévoyais un peu la réalité quand je te signalais plus haut que je me retrouve seul ici. En vérité, Christophe passe me voir chaque jour, sa sœur qui est présentement en Afrique a dû le chapitrer pour qu'il vienne s'assurer que tout va bien, que je ne manque de rien. Ce sont de bons petits, tu les connais, je n'ai aucun motif de m'en plaindre.

Pourtant, sitôt Christophe reparti, l'affolante sarabande des questions recommence. Pourquoi la vie s'écoule-t-elle à si petit bruit que lorsqu'on finit par se réveiller, par l'entendre, elle est tarie, il est trop tard ? Chacun éprouve-t-il, au crépuscule de son existence, ces accès de détresse qui broient, cette nausée qui monte d'avoir parcouru le néant pour aboutir au néant ? Existe-t-il un homme qui, au terme de sa vie, puisse se vanter de l'avoir réussie ?

Pour tout te dire, j'ai la sensation d'être une de ces poupées russes en bois léger, si naïvement peintes, qui s'emboîtent les unes dans les autres et nous envahissent depuis que le rideau de fer est moins bien tendu. Chacune de ces matriochkas enferme sa réplique, chaque fois plus petite, mais la dernière, très miniaturisée, ne contient rien et d'ailleurs elle ne se dévisse pas. C'est à celle-ci que je m'identifie tant je me sens amoindri, réduit à une effigie tassée de moi-même, et vide, si vide.

Je me proposais de t'écrire une lettre informative et circonstancielle mais, à ma grande honte, je m'aperçois qu'elle tourne au lamento. Avant de t'alarmer pour de bon avec cette soupe à la grimace, mieux vaut donc que j'en reste là, non sans t'avoir redit, mon cher Louis, l'affection profonde et fidèle que j'ai pour toi.

Ton frère
Charles.

*

Manches retroussées pour la commodité, petit tablier de soubrette sur jupe droite, c'est la Sandrine du soir, celle qui prépare le dîner, s'agite entre placards et robots, transforme la cuisine en champ de bataille, et n'a pas une minute à elle. A Christophe, elle rappelle dans ces moments-là quelque créature de dessin animé, une souris blanche stylée et stylisée, en tout cas comique dans son affairement.

Mais passé le coup de feu, une fois le tablier ôté, quand, là-bas, dans la cuisine, ça mitonne, mijote ou gratine à sa convenance, dame Sandrine redevient une créature de chair et de parole douce. En outre, prévenante, pour tout dire exquise, adonnée au bien-être de l'époux et ce soir fort préoccupée par le sort de son beau-père.

Posée au bord d'un fauteuil – Sandrine n'a pas un corps qui se puisse imaginer assis, bien carré dans le confort comme celui de tout un chacun –, elle se tient donc là, légère comme un fétu, et demande à Christophe :

— As-tu transmis mon invitation à ton père ?

Méchante et prévisible question qui, cependant, prend le mari de court.

— Non… c'est-à-dire, oui, mais il refuse, il prétend qu'il ne veut pas déranger.

— Dis-moi la vérité, c'est à cause du foutoir qui règne ici, tu en as honte…

— Pas du tout. Pas avec mon père en tout cas, il ne remarque pas ce genre de détails.

— Alors, c'est que tu n'as pas su lui présenter les choses. Il fallait insister, lui dire le plaisir que nous aurions à l'avoir avec nous.

— Mais je t'assure, j'ai fait l'impossible pour le convaincre. Seulement, voilà, il n'a pas envie de bouger de chez lui. Il devient très sauvage, tu sais.

La créature en équilibre sur le bord du fauteuil bouge, quant à elle. C'est qu'elle réfléchit : elle touille des pensées de bru douloureuse et cette tâche imprime de petits mouvements à ses jambes, ses bras, sa tête.

— Ecoute, dit-elle, ce n'est pas humain, pas correct de le laisser seul ainsi.

Il y a loin de l'humain au correct, que veut-elle dire ? A force de malaxer ensemble des ingrédients incompatibles, elle rend le dialogue opaque, il ne la comprend plus.

— Ce n'est pas humain ou ce n'est pas correct ? lui demande-t-il, histoire de l'embarrasser, de la taquiner un peu.

— Oh ! ne joue pas sur les mots, toi… Si tu veux savoir le fond de ma pensée, le voici : la moindre des choses serait d'accueillir ton père, de le choyer autant que possible, et on l'abandonne comme un chien.

— Tu exagères. Je te répète qu'il ne veut rien entendre, je ne peux tout de même pas l'emmener de force…

— Bon. Et si tu l'invitais au restaurant, rien que lui et toi, si tu lui proposais un dîner entre hommes ?

— Je ne sais pas, Sandrine. Il n'a plus le goût de sortir, il n'a plus de goût à rien, c'est bien le pire.

— Essayons tout de même. Veux-tu que je l'appelle et que je lui en parle ? Je lui dirai que j'ai demain soir ma séance de gymnastique, que tu seras libre et heureux de dîner avec lui. Dans ces conditions, peut-être acceptera-t-il…

— Essaie toujours, on verra bien.

Elle s'est déjà envolée pour aller se poser plus loin, près de la console qui porte le téléphone. Par discrétion ou peut-être parce qu'il redoute cet échange, Christophe s'éloigne et passe dans la pièce voisine.

Deux minutes, trois, il n'est pas facile à convaincre, le père Douhet. Mais dame Sandrine est une obstinée et elle a de la ressource. Enfin, la voici, elle arrive trottinante, elle frétille et, museau radieux, s'exclame :

— Il est d'accord ! Nous sommes convenus que tu passes le prendre demain vers vingt heures !

*

Charles Douhet relit sa lettre à son frère Louis. Et entre lèvres serrées, il bougonne, il peste contre lui-même. Pour un peu, le prof qu'il est apporterait ses observations et corrections dans la marge. Mais il n'y a pas de marge et il y a beau temps qu'il a cessé d'enseigner.

S'il s'écoutait, il déchirerait cette lettre et recommencerait. Mais le courage lui manque, il se sent patraque. A midi, il a ouvert une boîte de cassoulet qu'il a réchauffé dans une casserole, avalé en cinq minutes, et à présent son estomac proteste contre ce traitement. Il lui semble qu'il a ingéré non pas une assiettée de haricots blancs mais une poignée de plombs d'un beau calibre.

Ah ! le malheur d'avoir un corps qui vieillit, de voir son corps vieillir. Jadis, il ignorait qu'il avait un corps. A vingt ans, à trente, et plus tard encore, il disposait d'une machinerie merveilleuse, insoucieuse d'elle-même, qui fonctionnait sans anicroches, dans la plus parfaite discrétion. C'est l'âge qui rend le corps de plus en plus présent, de plus en plus indiscret, de plus en plus encombrant, se dit-il. Jeune, il ne se connaissait pas d'estomac mais aujourd'hui il en sait la forme et la lourdeur, il est bien là qui pèse au-dessus de sa ceinture. Et il y a encore les articulations des coudes et des genoux, chaque jour plus grippées, plus douloureuses, les doigts gourds au matin, le corps tout entier qui renâcle et se manifeste et trahit. Louis, qui est son aîné, a-t-il connu cela ? Voilà de quoi il aurait dû l'entretenir plutôt que de lui débiter ses fadaises existentielles : de cette tyrannie du corps vieillissant dont chaque partie entre en dissidence et se transforme en ennemie. Mais non, mais non, ce sont là sujets trop intimes, presque obscènes pour être abordés, serait-ce avec un frère. Demeure dans ta prison de chair, pauvre Charles, et évite de te plaindre, il n'y a rien d'autre à faire.

*

Il est dix-neuf heures vingt et il est prêt.

Costume anthracite, chemise bleu ciel à manchettes, cravate lie-de-vin, chaussures noires bien lustrées. Dans le miroir en pied de la chambre où il vient de se vêtir, Charles Douhet s'examine. L'homme qu'il voit reflété là est assez acceptable, même s'il a l'air un peu trop habillé, même si la coupe du complet est visiblement démodée.

Sandrine a annoncé que Christophe passerait le chercher vers vingt heures. Le regard qu'il jette au réveille-matin du chevet lui apprend que son fils ne sera pas là avant une bonne demi-heure. Vieil imbécile ! décoche-t-il à son image avant de s'en détourner et de quitter la chambre pour rejoindre le salon.

Il s'est débarrassé du vieux beau ridicule mais il n'en continue pas moins à se sentir déguisé, empoté dans cette tenue qu'il porte en de très rares occasions. Et comment occuper son temps jusqu'à vingt heures ? Tout l'après-midi, il s'est ingénié à faire durer ses gestes, il a ciré ses chaussures, les a frottées jusqu'à les faire reluire, puis il s'est rasé avec soin, il s'est longuement douché, et malgré tout, le voilà prêt une demi-heure trop tôt. Il y a ceux qui sont toujours en avance et ceux qui sont toujours en retard. Deux races distinctes. Charles Douhet appartient à la première catégorie, il en a toujours été ainsi. Mais à partir de ce constat, que faire ? Comment tuer ces minutes sans emploi qui le séparent de l'arrivée du fils ? Il n'ose même pas s'asseoir de peur que ses pantalons ne pochent aux genoux. Il pourrait donner un coup d'eau aux géraniums de Clairette, mais il risque de s'éclabousser. Et si les voisins le surprenaient à arroser, endimanché comme il est là ?

Il se tient immobile, désaffecté, devant la table du séjour. Il y a là l'ouvrage dont il a entamé la lecture hier soir. Il l'ouvre, se met à lire, mais l'exercice devient vite inconfortable, tout le plaisir se perd et au bout de deux pages, il renonce, abandonne le volume sur la table.

Il pourrait peut-être fermer les volets ? C'est ça, fermer les volets, voilà une excellente idée. Et il va d'une pièce à l'autre et, rabattant les panneaux de bois, il les plonge dans l'obscurité l'une après l'autre. Dehors, il fait encore jour, et lorsqu'il s'est acquitté de cette tâche, il s'aperçoit que cinq minutes seulement se sont écoulées. Et maintenant ? Maintenant, il est dans un tombeau, le vieil imbécile, si Christophe arrive et trouve son père à errer, à attendre ainsi dans le noir, il va s'étonner, s'inquiéter. Alors ? Rouvrir les volets ? Accomplir en sens inverse son lent cheminement de fenêtre en fenêtre et défaire ce qu'il vient de faire ? Non. Plutôt allumer les lampes. Il va d'un interrupteur à l'autre et la lumière jaillit à mesure qu'il se déplace. Tant qu'il y est, il vérifie que les volets sont hermétiquement clos, s'assure qu'aucun robinet ne goutte. Trois minutes encore. Et c'est alors que retentit le timbre de la porte d'entrée.

Le fils est là, souriant, qui émet un sifflement admiratif à la vue du père :

— Dis donc, ce que tu es chic !

— Et toi, tu es en avance, non ?

Ce doit être une tare chez les Douhet, songe-t-il. A part soi, il se réjouit néanmoins que Christophe soit arrivé plus tôt que prévu.

Et puisqu'on est prêt, inutile de s'attarder : l'alarme branchée, la porte verrouillée, Charles Douhet suit son fils jusqu'à la voiture.

— Je t'emmène dans un restaurant de poissons. Ça te va, papa ?

— Du poisson ? Oui, très bien.

Il l'a dit d'un ton raide, assorti à la position de son corps sur le siège inconfortable de la fourgonnette.

Et ils se taisent. Cette élégance apprêtée du père le rend quelque peu étranger à Christophe qui ne trouve plus rien à ajouter. Quant à Charles Douhet qui perçoit la gêne de son fils, il en est encore à se reprocher de s'être mis sur son trente et un. Vieil imbécile ! se dit-il.

Plus tard, lorsqu'ils sont attablés face à face entre ces murs décorés de filets de pêche, d'étoiles de mer séchées et autres affûtiaux censés évoquer la prodigalité sans limites de la mer, alors que la carte leur a été présentée et qu'il s'agit de se décider, Charles Douhet hésite, ne sait trop sur quoi arrêter son choix.

— Je te conseille la sole meunière, papa. Elles sont excellentes ici.

— Une sole ? Mais oui, pourquoi pas ? Va pour la sole.

Une fois leur commande enregistrée et transmise en cuisine, c'est le blanc, un champ de neige entre eux, un froid qui gèle les mots au bord des bouches.

— Ça se passe bien papa ? demande Christophe après qu'il a dégluti et réussi à franchir ces steppes blanches et glacées. Tu ne t'ennuies pas trop ?

— Mais non, mon garçon, je m'occupe. Et puis, ta mère sera là dans trois jours. Dis-moi plutôt comment va ta femme…

— Sandrine ? Pas de problème. Elle a sa séance de gym ce soir. Elle y va deux fois par semaine.

— C'est bien. Aujourd'hui, les femmes s'entretiennent, se maintiennent en forme, elles ont bien raison.

En même temps que, d'une voix ferme et pleine de componction, il lance sur la quille "gymnastique" cette boule qui enfonce des portes ouvertes, il entrevoit à son poignet droit l'éclat du bouton de manchette. Que sait-il des jeunes femmes d'aujourd'hui ? Sa phrase au tir si précis lui paraît soudain induite par une autorité factice, illégitime, celle d'un homme à porter des boutons de manchette. D'un geste furtif, il tire sur sa manche, déplace un peu son bras de façon à cacher l'or du bouton…

On apporte la sole du père, le loup grillé du fils. Christophe sert le chablis qu'ils ont choisi tout à l'heure.

— Tu goûtes, papa ?

Charles Douhet porte le verre à ses lèvres, avale une gorgée.

— Excellent ! Parfait !

La sole si blonde, parfaite elle aussi, attend dans l'assiette qu'on s'intéresse à elle.

— As-tu des nouvelles de ta sœur ? Vous vous voyez beaucoup ces temps-ci…

— Oui… Enfin, je la vois moins. Elle est en Afrique depuis une semaine.

— Je sais. Mais depuis son divorce, comment la trouves-tu ? Il me semble qu'elle ne vit pas très bien cette séparation.

— Ah, tu crois ?… Pourtant, ce n'est pas ce qu'elle dit, au contraire. Son travail l'absorbe, elle s'y consacre tout entière.

— C'est bien ce que je pense : elle fuit parce qu'elle souffre.

— Mais non, papa, tu t'inquiètes à tort, je t'assure.

Charles Douhet a enfin saisi ses couverts et s'efforce de prélever un filet sur la sole si patiente. Mais ses mains tremblent.

— Elle souffre, répète-t-il, je le sens.

— Si elle souffre, admet Christophe, cela n'a rien à voir avec Alexandre, la cause est plus ancienne. C'est une vieille histoire.

— Que veux-tu dire ? demande le père. Et la sole, ouverte, passablement massacrée, doit attendre encore.

— Je ne sais pas… Je… bredouille Christophe. Il en a trop dit et s'effraie soudain de ce qu'il pourrait dire encore.

— Qu'y a-t-il ? insiste le père. De quelle histoire s'agit-il ? Parle, je veux savoir.

Alors Christophe abandonne son loup, incline la tête, la prend entre ses mains et coudes plantés sur la table, il raconte à son père une histoire de poubelle dont il fut jadis l'un des protagonistes. Sa honte d'être ce vase qui fuit, ce vase communicant, croît à mesure qu'il parle mais il raconte, il dit tout ce qu'il sait car il ne peut tenir le secret face à cette autorité en boutons de manchette qui le force et exige.

Quand il se redresse, ses yeux rencontrent, ses yeux découvrent un Charles Douhet méconnaissable : ce n'est plus un visage humain qui lui fait face, le beau visage vieilli de son père, mais un rideau de fer sur lequel il peut lire : Fermé pour cause d'inventaire.

*

Il n'a pas mangé sa sole. Elle est restée là, figée dans sa sauce meunière, à demi dépecée, à jamais froide et dédaignée.

Il a demandé à Christophe de le reconduire à la maison.

Sur le seuil, avant qu'il ne s'éloigne – ne s'enfuie –, il a serré son fils entre ses bras ; il le serrait à l'étouffer. Tandis qu'il l'étreignait ainsi, il a entendu Christophe balbutier dans son cou : Pardon, papa, pardon.

C'était LE MOT. Mais il venait trop tard et il n'était pas prononcé par la bonne personne, il ne s'adressait pas à la bonne personne.

Christophe s'en est allé rejoindre sa gymnaste.

Charles Douhet est de retour dans son tombeau.

*

L'avion vole à très haute altitude. A travers le hublot, le regard de Virginie vogue sur une mer de nuages. La terre, cette vallée de larmes, est si loin, invisible, le ciel est si vaste qu'il pourrait bien abriter l'Etre suprême et omnipotent. Et elle se surprend à lui adresser une prière, la première de sa vie peut-être :

Dieu de ma mère, je ne suis pas, comme elle, du genre à t'embêter pour des broutilles et, à dire vrai, je doute que tu existes. Mais si tu existes, c'est le moment ou jamais de le prouver. Si tu existes, fais en sorte que je n'arrive pas en plein drame et que je trouve mon père gentiment assis devant sa télévision. Epargne-le, je t'en prie, car c'est un homme bon, un homme qui méritait mieux que la femme qu'il a eue, que la fille qu'il a eue, que la vie qu'il a eue.

*

L'inventaire de Charles Douhet :

Quatre boîtes scellées.

Ou quatre paquets bien ficelés, bien étanches.

Ou quatre coffres-forts verrouillés avec chacun sa combinaison secrète, à jamais inconnaissable. Quatre colis qui ont voyagé un long temps dans le même espace clos, qui portaient une étiquette où était inscrit le nom commun, le nom de famille : Douhet.

Ils sont allés durant des années dans la promiscuité des jours et des nuits. Parfois, un cahot, une secousse les projetaient l'un contre l'autre et de ce bref contact naissaient alors, pour un instant, l'émotion, l'illusion de l'intimité. En vérité, si proche, si familier, si aimé que fût l'autre, ils ne connaissaient dans ces rapprochements que son enveloppe extérieure, sa carapace : chacun restait bardé de ses défenses, enfermé dans sa solitude. En vérité, aucun d'entre eux n'a jamais su vraiment ce que contenaient les trois autres boîtes, les trois autres colis, les trois autres coffres-forts.

*

Sitôt débarquée de l'avion, elle déboule dans l'aérogare, se rue vers une cabine téléphonique, pianote d'une main fébrile le numéro de son frère. Lorsqu'il décroche, Christophe entend une voix courte, stridente, qui jette des mots affolés, péremptoires :

— Je suis à l'aéroport. Tu m'as bien dit que tu avais un trousseau des clefs de la maison... Bon, alors va chez papa, tout de suite ! Moi, je saute dans un taxi et je te rejoins. Fais ce que je te dis, fais vite, je t'en prie !

Elle arrive la première chez les Douhet. Il est à peine onze heures et pourtant tout est clos, la grille de l'entrée, les volets. Elle se déleste de son sac et se met à arpenter le trottoir étroit qui longe la maison paternelle. Tout est calme alentour, trop calme, trop silencieux, aucune voiture ne vient. Elle.guette les bruits de moteur et à tout instant jette ses regards vers le coin de la rue où doit déboucher la fourgonnette du frère. Lorsque, enfin, celle-ci apparaît au tournant, elle court au-devant de Christophe et c'est encore de cette voix au débit haché, martelé par l'inquiétude, qu'elle l'apostrophe :

— Tout est fermé ! Tu as pris les doubles des clefs ? Il faut ouvrir, Christophe, dépêche-toi !

Ce n'est plus une femme mais une bourrasque de mots, de gestes, qui malmène le frère. Cette angoisse qu'elle ne sait plus maîtriser gagne Christophe, le submerge : ses mains qui fourragent dans la serrure de la grille tremblent, inopérantes. Virginie trépigne à ses côtés. Enfin, la grille cède et s'ouvre. Ils traversent le jardin en courant. Maintenant, Christophe s'attaque à la porte d'entrée et au moment où celle-ci s'ouvre à son tour, à peine ont-ils fait deux pas à l'intérieur, l'alarme se déclenche dans un tintamarre assourdissant qui vrille les tympans.

— Arrête ça ! Arrête ça ! Arrête ça ! hurle Virginie.

— Je ne peux pas ! Je ne connais pas le code !

Mais le code est noté sur l'étui plastifié qui accompagne les clefs. Il s'en souvient tout à coup et, allumant son briquet pour le déchiffrer, il entreprend de débrancher l'alarme.

Dans les ténèbres de la salle de séjour, Virginie va, à tâtons, vers la porte-fenêtre et, sitôt les volets rabattus, la lumière s'engouffre à pleins flots dans la pièce. L'alarme s'est tue, enfin. Là-bas, au fond du coin salon, Charles Douhet est assis devant la télévision mais il ne regarde pas la télévision : ses yeux sont fermés, l'écran est noir. La fille sent la présence du frère dans son dos, elle porte la main à sa gorge en un geste qui voudrait arracher le carcan d'horreur qui l'étouffe, empêche son cri de jaillir. Cependant, elle avance, ils avancent le frère et la sœur vers l'homme qui gît là et qui fut leur père. Le corps est dans une posture improbable qui n'est pas celle du repos naturel, le torse est un peu déjeté sur l'accoudoir gauche du fauteuil, les bras, inertes, pendent de part et d'autre.

Christophe murmure :

— Il a gardé le costume qu'il avait hier soir, au restaurant.

— C'est le costume qu'il portait pour mon premier mariage, dit-elle dans un petit hoquet, et elle se laisse glisser sur le tapis, pose sa tête sur les genoux du père. Dans ce mouvement, elle remarque qu'il a ôté ses chaussures mais non ses chaussettes, des chaussettes bleues, assorties à sa chemise. Noter ces détails lui paraît inique : est-ce ainsi qu'une fille, une fille normale, réagirait devant la dépouille de son père ?

Debout derrière sa sœur, Christophe dit encore :

— Regarde !

Elle se redresse, saisit le papier qu'il lui tend : une notice, de celles qu'on trouve dans les boîtes de médicaments. En travers des caractères imprimés qui décrivent la posologie et les indications, un mot est écrit en capitales, au crayon noir : PARDON.

— Il s'est servi du crayon que maman utilise pour dresser la liste des courses, souffle Christophe.

Lui aussi, il s'attache aux détails dérisoires, pense-t-elle. Parce que ces détails aident peut-être à nier la réalité de la mort, parce qu'ils empêchent, pour quelques minutes encore, l'afflux du chagrin.

Elle relève la tête, suit des yeux le doigt du frère qui le montre, ce petit crayon ordinaire, maintes fois taillé, sur le guéridon, à droite du fauteuil ; près du crayon, il y a deux flacons vides. Elle porte contre sa bouche le papier où Charles Douhet a laissé son dernier message, pour le baiser, ou peut-être pour arrêter le jaillissement du cri affreux qui monte en elle, le saura-t-on jamais ?

Christophe, comme un pantin dont on aurait brusquement sectionné les fils, vient de s'effondrer à côté de sa sœur. Ils sont là, maintenant, deux enfants pelotonnés l'un contre l'autre, aux pieds de leur père en allé.

Ils restent un long temps ainsi, immobiles, chacun à réciter pour soi la litanie de ses fautes et manquements. Cela pourrait durer encore, mais Christophe se reprend le premier : dictés par une nécessité implacable, une urgence, les mots sortent de lui, brisés, à peine audibles :

— C'est moi qui l'ai assassiné… Hier soir, au restaurant, je lui ai raconté… pour la poubelle. Alors j'ai vu son visage changer, se défaire, je ne le reconnaissais plus. C'est à ce moment-là qu'il nous a quittés, c'est à cause de moi.

Elle s'écarte juste assez pour lever un bras, donner l'amplitude suffisante à son geste et entoure les épaules du frère, l'amène à elle, le berce contre elle.

— Non, Christophe. C'est maman et moi qui l'avons tué. Tu n'y es pour rien.

— Maman… gémit-il, il faut la prévenir…

— On va l'appeler, je m'en charge. Mais on ne lui dira rien. Tu ne diras rien, Christophe, tu tiendras ta langue.

— Mais elle va croire qu'il s'est tué parce qu'elle est partie sans lui…

— Elle croira ce qu'elle voudra. Viens, aide-moi, nous allons le porter sur son lit.

*

Mon Dieu, mon Dieu, mon Dieu ! Je crie et il ne sort de moi aucun son.

Je pleure et pas une larme ne coule. Oh ! Seigneur, Vous m'avez repris Charles et Vous m'avez oubliée. On dit que dans certaines contrées, on enterre la veuve avec son époux défunt. Hélas, ici, la chose est impensable. Qu'à cela ne tienne : cette maison où nous avons vécu ensemble sera ma tombe.

Je ne veux pas qu'on ouvre les fenêtres, je ne veux pas qu'on allume les lampes. Qu'ils me laissent en paix tous ces gens qui passent avec leurs pauvres consolations. Je ne veux pas être consolée. Qu'on me laisse dans les ténèbres, c'est tout ce que je désire.

Il paraît que les enfants s'inquiètent, qu'ils craignent que je reste seule. Des enfants ? Dieu du ciel, est-ce que j'ai eu des enfants ? Je ne m'en souviens pas. S'ils vont et viennent, je ne les vois pas. Il n'y a que le visage de Charles, les mains de Charles, les sourires de Charles. Vous m'avez tout pris mais je ne vois rien d'autre.

Mon Dieu, pourquoi l'ai-je abandonné ? Mon Dieu, je croyais en Vous et Vous nous avez abandonnés…

*

La fille a convoqué le frère et la belle-sœur dans son appartement pour un conseil de famille restreint. Il va s'agir de statuer sur le sort de la mère qui, depuis les obsèques de Charles Douhet, erre dans la maison comme un derviche tourneur.

En principe à la discussion, la fille vient de poser ceci : le père était le pivot de la famille Douhet. A présent qu'il n'est plus, il n'y a plus de famille.

— Mais, maman… proteste Christophe.

— Maman est veuve. Elle doit faire son deuil. Laissons-lui le temps.

— Tu es dure, Virginie, maman est incapable de vivre seule, elle ne résistera pas.

— Chacun de nous est seul, Christophe. Il faut accepter cela, apprendre.

— Elle n'a jamais appris, il est trop tard maintenant.

— C'est bien possible. Si tu vois une alternative, je t'écoute. Que proposes-tu ? Tu envisages peut-être de la prendre chez toi ?

On perçoit un frémissement du côté de la bru qui se garde toutefois d'intervenir.

Christophe a baissé la tête et tripote nerveusement son alliance.

— Elle ne le voudra pas, dit-il. Elle ne s'entend pas avec Sandrine…

— Elle ne s'entend pas davantage avec moi, tu le sais bien. Et puis je voyage sans cesse, chez moi, elle se retrouverait tout aussi seule, dans un décor étranger, privée de ses marques.

Dans ces moments, elle est pareille à un diamant noir, Virginie, un diamant aux facettes tranchantes, un diamant dont les deux autres ne peuvent soutenir l'éclat.

— Par conséquent, elle ne peut vivre ni avec vous, ni avec moi, poursuit-elle. Il reste la maison de retraite. Il en existe quelques-unes dans la région, il faudra se renseigner. Je sais que certains de ces établissements offrent à leurs pensionnaires de véritables petits appartements où ils peuvent s'installer avec leurs meubles et leurs affaires personnelles. Il me semble que, pour maman, ce serait la bonne solution. Qu'en dis-tu, Christophe ?

— Ce doit être assez cher…

— Le problème n'est pas là, je paierai, tu n'as pas à t'en inquiéter. Je veillerai à ce qu'elle ait une vie agréable et tout le confort auquel elle est habituée.

— Il me semble que c'est une bonne idée, lance alors Sandrine de sa place inconfortable, celle de la bru exécrée. Dans ce genre d'endroit, votre mère aura la compagnie des gens de son âge, ce n'est pas négligeable.

— Oui, de la compagnie… marmonne Christophe, et dans l'intonation qu'il a prise pour répéter ces mots, on ne saurait faire le départ entre l'ironie et la lassitude de l'homme vaincu, contraint à entériner un décret détestable.

LE FUTUR SOUS CONDITION

Rien n'aura plus lieu qui mérite d'être relaté, à moins que...

La Monaltière,
14 juin-11 octobre 2000.

TABLE

"un endroit où aller"
Une collection créée en 1995 par Françoise et Hubert Nyssen

19. Pier Paolo Pasolini
POÈMES OUBLIÉS

20. Dina Rubina
LE DOUBLE NOM DE FAMILLE

21. Eva Figes
SPECTRES

22. Myriam Champigny Cohen
LE LIVRE DE MON PÈRE
suivi de
LES LETTRES DE MA MÈRE

23. Nina Berberova
NABOKOV ET SA LOLITA

24. Dina Rubina
LES POMMES DU JARDIN DE SCHLITZBUTER

25. Henrik Pontoppidan
LE VISITEUR ROYAL

26. Anna Maria Ortese
LÀ OÙ LE TEMPS EST UN AUTRE

27. Assia Djebar
ORAN, LANGUE MORTE

28. André-Louis Rouquier
LA NUIT DE L'OUBLI

29. Françoise de Gruson
BASSES BRANCHES

30. Robert Lafont
LE COQ ET L'OC

31. Jean Duvignaud
B.-K. (BAROQUE ET KITSCH)

32. Joe Brainard
I REMEMBER

33. Tecia Werbowski
L'OBLOMOVA

34. Alice Ferney
GRÂCE ET DÉNUEMENT

35. Assia Djebar
LES NUITS DE STRASBOURG

36. Sixma van Heemstra
AMOURAMORT

37. Michel Butor
POUR TOURNER LA PAGE

38. Jean-Pierre Miquel
PROPOS SUR LA TRAGÉDIE

39. Arnaldo Calveyra
L'HOMME DU LUXEMBOURG

40. Anne-Marie Garat
L'AMOUR DE LOIN

41. François-Bernard Michel
JUDITH

42. Rosie Delpuech
INSOMNIA

43. Luc de Heusch
MÉMOIRE, MON BEAU NAVIRE

44. Hubert Nyssen
LE BONHEUR DE L'IMPOSTURE

45. William Shakespeare
LE ROI LEAR

46. Marcel Moreau
LA VIE DE JÉJU

47. Philippe de la Genardière
LE TOMBEAU DE SAMSON

48. Lesley Blanch
ROMAIN, UN REGARD PARTICULIER

49. Montaigne
DES LIVRES

50. Nancy Huston
L'EMPREINTE DE L'ANGE

51. Anne Walter
LES RENDEZ-VOUS D'ORSAY

52. Pierre Gascar
LE TRANSSIBÉRIEN

53. Pierre Gascar
AÏSSÉ

54. André Dubus
VENDRE SA PROSE

55. Siri Hustvedt
YONDER

56. Nadine Ribault
UN CAILLOU A LA MER

57. Rose-Marie Pagnard
DANS LA FORÊT LA MORT S'AMUSE

58. Tecia Werbowski
HÔTEL POLSKI

59. Gwenaëlle Aubry
LE DIABLE DÉTACHEUR

60. Myriam Antaki
LES VERSETS DU PARDON

61. Agathe Rouart-Valéry
CRAYONS

62. Pierre Aubé
JÉRUSALEM 1099

63. Grace Elizabeth King
BAYOU L'OMBRE

64. Nancy Huston
PRODIGE

65. Muriel Cerf
SERVANTES DE L'ŒIL

66. Wang Wenxing
PROCESSUS FAMILIAL

67. Aki Shimazaki
TSUBAKI

68. Gidon Kremer
UNE ENFANCE BALTE

69. Luc Sante
L'EFFET DES FAITS

70. Nancy Huston
NORD PERDU

71. Dmitri I. Pisarev
NOTRE SCIENCE UNIVERSITAIRE

72. Charles Bertin
JADIS, SI JE ME SOUVIENS BIEN…

73. Lisa Bresner
LAO TSEU

74. Davitt Moroney
BACH

75. Anna Maria Ortese
CORPS CÉLESTE

76. Pier Paolo Pasolini
DANS LE CŒUR D'UN ENFANT

77. Hubert Nyssen
QUAND TU SERAS A PROUST
LA GUERRE SERA FINIE

78. Göran Tunström
UN PROSATEUR A NEW YORK

79. George Washington Cable
CARANCRO

80. Nadine Ribault
FESTINA LENTE

81. Anne-Marie Garat
LES MAL FAMÉES

82. Alice Ferney
LA CONVERSATION AMOUREUSE

83. Aki Shimazaki
HAMAGURI

84. Nancy Huston
LIMBES / *LIMBO*

85. Marly Youmans
LITTLE JORDAN

86. Anne Bragance
LE LIT

87. Marian Pankowski
POST-SCRIPTUM A L'AMOUR

88. Jean Joubert
UN PEU AVANT LA NUIT

89. Annie Leclerc
TOI, PÉNÉLOPE

90. Jean-Luc Outers
LA COMPAGNIE DES EAUX

91. Nancy Huston
DOLCE AGONIA

92. Jean Duvignaud
LE PRIX DES CHOSES SANS PRIX

93. Alberto Manguel
STEVENSON SOUS LES PALMIERS

94. Muriel Cerf
LA FEMME AU CHAT

95. Jean Debernard
SIMPLES SOLDATS

96. Nina Berberova
LES DERNIERS ET LES PREMIERS

97. Pierre Aubé
ÉLOGE DU MOUTON

98. Fabienne Pasquet
LA DEUXIÈME MORT DE TOUSSAINT-LOUVERTURE

99. Aki Shimazaki
TSUBAME

100. Anna Maria Ortese
LE SILENCE DE MILAN

101. Guillaume Pigeard de Gurbert
LE MOUCHOIR DE DESDÉMONE

102. Anne Bragance
CASUS BELLI

OUVRAGE RÉALISÉ
PAR L'ATELIER GRAPHIQUE ACTES SUD
ACHEVÉ D'IMPRIMER
EN NOVEMBRE 2001
PAR L'IMPRIMERIE FLOCH
A MAYENNE
POUR LE COMPTE DES ÉDITIONS
ACTES SUD
LE MÉJAN
PLACE NINA-BERBEROVA
13200 ARLES